伯爵さまのシノワズリ

～花嫁と薬箱～

Aira Tsukimori

月森あいら

Honey Novel

Illustration

希咲慧

CONTENTS

序章　花嫁と薬箱

泣き声が響く。それはしくしく、と部屋中に広がっていた。

雪麗《せつれい》は、己の房間《へや》の臥台《しんだい》に伏せて泣いていた。旗袍《チーパオ》をまとった肩は震え、敷布を握った手は震えている。

「雪麗」

房間の扉が開いて、入ってきた者がいる。それが誰かわかっている雪麗は顔をあげず、ただしくしくと泣き続けた。

「雪麗、もう泣くな」

入ってきた者は、雪麗の頭を撫《な》でてくれる。その優しさが体に沁《し》みて、しかし雪麗の涙は止まらない。

「おまえの気持ちはわかる……が、仕方がないことと、諦《あきら》めておくれ」

「あ、きらめ、る……なんて……でき、ないわ……」

しゃくりあげながら、雪麗は言った。

「こんな……こんな、こと。だって、一生帰ってこられないんでしょう？」

「一生、ということはない」

ぎしっ、と音がした。雪麗の突っ伏した臥台の上に、彼が座ったのだ。

「いつだって、おまえの帰ってきたいときに帰ってきていいんだよ？」

優しいその声に、雪麗は顔をあげた。

「海を越えた、遠い場所ではあるけれど、いつだって帰ってこられる。私たちは、いつでもおまえが帰ってくるのを待っている」

「本当に……？　帰ってきていいの？」

「もちろんだ」

彼の手は、また雪麗の黒い髪を撫でた。その温かさに、ほっと息をついた。

「お兄さま……」

兄の将芳《しょうほう》は、優しい顔をしていた。本心から雪麗を慰め、再び帰ってくるのを待っていると取れる穏やかな表情だった。

「私たちも、外国におまえをやることをよしとしているわけではない。しかし、かの国の力は侮りがたく……おまえが嫁《とつ》ぐことによって、あちらの国の実力者とつながることは大切なのだ」

「わたしの責任は、重大ですのね」

すっと涙を拭《ふ》いて、雪麗は体を起こす、そんな雪麗を、将芳はなおも見つめている。

「ああ。おまえのこの細い肩に乗せるのは、大きすぎる荷物だとは思う……しかしおまえ以外に、この役目を担える者がいないのだ」

「では、もう泣きますまい」

目もとを擦《こす》りながら、雪麗は臥台の上に座った。将芳は、なおも雪麗の頭を撫でている。

その手の温かさを感じ取りながら、雪麗は、すん、と洟《はな》を啜《すす》った。

「わたしは……わたしの、役目を。それが、皇帝の血を引く者の責務ですわ」

「わかってくれるか」

顔をあげると、将芳は申し訳なさそうな顔をしていた。そんな彼を励ますように雪麗はにっこりと微笑《ほほえ》み、涙で赤くなった目を細める。

「私も、おまえをやるに忍びないのだ……しかし、……聞きわけてくれたのなら、私は」

「わたしも、そこまで子供ではありません」

微笑みとともに、雪麗は言う。そんな雪麗を、将芳は痛々しいというように見つめていた。

「帰ってきては、いけないと思っていましたの。いったんここを出たら、もう二度と……」

「そんなわけ、ないだろう」

将芳は、腕を広げて雪麗を抱き寄せた。兄の腕の中で、雪麗はほっと息をつく。

「私たちは、いつでもおまえを待っている。たとえ遠いところに行ってしまったとしても、いつだっておまえのことを思っている……」

「お兄さま……」

雪麗は、兄の胸に頭を擦りつけた。子供がそうするように甘えて抱きつくと、将芳は笑った。

「子供のようだな、雪麗」

「だって……嫁いでしまえば、もう子供ではなくなるでしょう?」

兄の胸に甘えながら、雪麗はせつない声でそう言った。

「帰ってくることができたとしても、もう、こんなふうにはできないわ。わたしは、一家の刀自《とじ》になるのですもの。お兄さまに甘えることなんて、できないわ……」

「ちゃんと、自覚はあるんじゃないか」

雪麗を抱きしめながら、将芳はくすくすと笑った。

「さっきまで泣いていたくせに? 覚悟は、できているんだな」

「それは……」

ますます強く、将芳の体に抱きつきながら雪麗は口ごもった。

「それでも……不安なものは、不安なんですもの」

「その気持ちは、よくわかるよ。とても、よく……ね」

雪麗の黒い髪を撫でながら、将芳はつぶやいた。

「わたしだって、おまえを離したくない。私に力があれば、みすみすおまえを遠くになどやりはしないのに」

将芳は、抱きしめた雪麗の髪をなおも撫でた。雪麗は兄の胸に顔を埋《うず》めたまま、清涼なその香りを吸い込んでいた。

「そうそう」

思い出したように将芳は言って、手を打った。なにごとかと、雪麗は目を見開いた。房間の扉が開いて、女がふたり、入ってくる。その手には大きな箱が抱えられていた。

「ま、ぁ……！」

雪麗は、声をあげた。その箱にはたくさんの抽斗《ひきだし》がついている。女たちが箱を置くと、雪麗は夢中になってその抽斗をひとつひとつ開けていった。

「薬箱ね！」

将芳は、にこにことしながらうなずいた。

「側柏葉《そくはくよう》に、大腹皮《だいふくひ》、桃仁《とうにん》に胡蘆巴《ころは》！」

「こういうものは、あちらにはないものだろう」

「ええ、ええ！　これらがあれば、百人力だわ！」

あちこちの抽斗を開けながら、雪麗は目を輝かせた。

「お兄さま、これを持っていっていいの？」

「ああ、そのために用意したんだ」

薬箱に夢中になっている雪麗に、将芳は微笑んでいる。いったん兄を見て、雪麗は再び薬箱の中身を確かめ始めた。

「いいの？　こんなに、たくさん」

「おまえのためになるだろう？　おまえには、こういう武器がある」

「武器？」

「医薬の知識だよ」

将芳は、薬箱の前に座り込んでいる雪麗の横にしゃがむ。

「あちらで、困ったことがあればこれを使いなさい。おまえの夫になる人も、こういう知識のある妻を誇りに思うだろう」

「そうかしら……？」

抽斗のひとつを戻しながら、雪麗は言った。

「行くのは、外国よ？　こういうものに慣れていない人たちが、受け入れてくれるかしら？」

「受け入れてくれるとも。我らの国の医学は、世界の先端を行っている。我々の知識が、世界を統率していると言っても過言ではない」

誇らしげに、将芳は言った。雪麗はうなずき、しかし思わず手を胸に置いてうつむいてしまう。

「やはり不安なのか？　私の、妹」

「ええ……」

掠《かす》れた声で、雪麗はつぶやいた。

「行ったことのない場所なのですもの。そんなところで、一生を送るなんて……不安、ですわ」

「おまえに、そんな無理を強いてしまう私たちを許しておくれ」

雪麗の額に、自分のそれを押しつけながら将芳は言った。

「しかしおまえが嫁ぐことは、かの国と我が国との友好につながる。おまえは、その架《か》け橋《はし》になるのだ」

「わたしに、務まるでしょうか？」

「もちろんだ。きょうだいの中でも、おまえが一番しっかりとしている。それを見込んで、父上も母上も、おまえを選んだのだ」

間近に迫った将芳の瞳《ひとみ》を、じっと見つめる。雪麗の瞳は、すでに乾いていた。その目には先ほどまでの悲しみはなく、期待されて異国へと嫁ぐ信念が表れている。

「行ってくれるか？」

「もちろんですわ、お兄さま」

声も、もう震えてはいない。期待されているという事実、そしてかたわらの薬箱が雪麗に勇気をくれている。

「泣いたりして……ごめんなさい。もう、泣きません」

「泣いてもいいのだ。涙には、感情を浄化するという役目があるからな。それでおまえの心が落ち着いて……旅立ちの覚悟ができるのなら、これ以上のことはない」

「いいえ、もう泣きませんわ」

にっこりと微笑んで、雪麗は言った。

「こうやって、お兄さまが直接慰めてくださって……このように、立派なものまでいただいて。泣いていては、罰が当たりますわ」

それでもなお、将芳は懸念を隠さない表情をしていた。そんな彼に雪麗はなおも微笑みかけ、そっとその頬《ほお》に触れる。

「お兄さまこそ、そんな顔をなさらないで。まるで、今にもお兄さまが泣きそうですわ」

「そうだな、私が泣いていてはいけない」

将芳も、笑みを見せる。彼は雪麗の後頭部に指を絡ませ、梳《す》きあげる。髪を洗われるような心地《ここち》よさを感じて雪麗はうっとりとし、ふたりは額を突き合わせたまま、微笑んだ。

「達者で」

妹の髪を梳きながら、将芳は言った。

「逐一、文《ふみ》をおくれ。あちらでの生活がどのようなものか、おまえがいかに暮らしているか……」

「お兄さまが、煩わしいと思われるくらいに送りますわ」

雪麗は、将芳の頬をなぞりながらそう言った。

「毎日のことを、事細かく……お兄さまが、お返事をなさるのがいやになるくらいに」

「それはそれで、おまえの毎日に支障が出るだろう」

将芳は、くすくすと笑った。雪麗も笑い、房間にはふたりの笑い声が満ちる。

「愛しているよ、雪麗」

その黒髪を指に絡ませながら、将芳は言う。

「父上も、母上も……皆がおまえの出発を惜しんでいることを、忘れないでおくれ」

「はい」

雪麗は、うなずいた。拍子に髪が目を覆い、慌ててかきあげる。そのほんのわずかな瞬間、将芳の目に光るものを雪麗は見た。

第一章　異国の淑女

目覚めは、いつもと同じだった。ただ、目に入る光景が見慣れないだけだ。

思わずつぶやいて、雪麗は何度かまばたきをする。視界の中、垂れ下がったレースが微《かす》かにひらひらと揺れている。部屋に入り込む風は優しく暖かく、雪麗の目覚めを助けてくれた。

「こ、こ……」

「雪麗さま、お目覚めですか」

声をかけられて、そちらに顔を向ける。黒と白の奇妙な衣服をまとった少女がいる。頭の上には鳥の羽のような飾りをつけていて、それはかわいらしいと思うのだけれど、なんのためにつけているのか雪麗にはわからない。

「紅茶をお持ちいたします。少し、お待ちください」

「あ、……」

雪麗が体を起こすのと、少女がそう言ったのは同時だった。起きたばかりで茶を飲むという習慣にもまだ慣れないし、そもそも茶とはいっても今まで雪麗が飲んだことのないような種類の茶だ。口に合わないとは言わないけれど、朝一番に飲む茶は、やはり慣れたものがいい。

「雪麗さま、お手伝いいたします」

「あ、ありがとう……」

まだ操り慣れない、外国語で答える。寝台から起きるくらい、ひとりでできる。しかし雪麗は、このベイツ伯爵家の奥方なのだ。この地では、貴婦人はひとりで行動してはいけないらしい。起きるのも着替えるのも、髪を梳くのも結いあげるのも、ひとりでしてはいけない。

雪麗も、実家では姫と呼ばれる身分だった。召使いに傅《かしず》かれるのには慣れているが、しかしここまで徹底的に『自分ではなにもしてはいけない』というのは窮屈だった。

寝台の座り心地が悪くて少し腰を揺らすと、すぐさま衾《ふとん》が腰の後ろに差し入れられる。まるで雪麗の行動を読んでいるかのような召使いたちの行動が、少々気味悪いと言っては彼女たちに申し訳ないだろうか。

「雪麗さま、お待たせいたしました」

ふわり、と甘い香りがして、盆を手にした召使いが入ってくる。寝台に腰掛けたまま飲めるのは便利なのかもしれないけれど、髪も梳かないうちから茶を口にするというのは、違和感がある。

「ヒューバート……さま、は？」

たどたどしい英語で、そう問いかける。召使いは、一礼をして言った。

「もう、執務室においでです。朝食は、雪麗さまおひとりで摂《と》られるようにと」

「そう……」

召使いの言うことをすべて理解するには、少しだけ時間がかかった。召使いはそんな雪麗の言うことを我慢強く聞いているけれど、内心ではどう思っているのか。

手にした碗《わん》は、熱かった。蓋《ふた》のない碗に慣れるのにも間を要したが、直接湯気が鼻先にかかるのもやはり慣れない。薄い陶器に唇をつけ、そっと啜る。すると召使いが小さく咳払《せきばら》いをした。

「……あ」

音を立てて啜ってはいけないのだ。ここが、家族の集《つど》う場でなくてよかった。雪麗は、懸命に音を立てないように紅茶を飲んだ。

奇妙に甘い味がする。同じ茶とは言っても、故国のものとは違う。発酵のさせかたや茶葉のほぐしかたが違うらしいけれど、それ以上に茶の味を邪魔するものが入っているのだ。

雪麗は、思わずため息をついた。なぜ、茶に蜜《みつ》や乳を入れる必要があるのだろう。甘いのは、そのせいだ。最初はどうしても飲めなかったこの茶に口をつけることができるようになっただけでも、たいしたものだと雪麗は思うのだ。

「お気に召しませんか？」

「そんなことは、ないわ」

できるだけ明るい声で、雪麗は言った。茶だと思わなければいいのだ。これは、こういう飲みものだと思えばいい。そう考えると、少し余裕が生まれてきた。

「ヒューバートさまに……ご挨拶《あいさつ》だけでも、いけないかしら？」

「もう、お仕事を始めておられますので。お邪魔になります」

妻の朝の挨拶が、邪魔とは。雪麗は、また息をついてしまう。

そっと、左手の薬指を見る。そこには銀色の輪がはまっている。それをはめることで既婚であることを示すらしいのだけれど、その相手である夫のヒューバートとは、数えるほどしか会ったことがない。この国に来たとき、結婚式のとき、そしてその夜。夜は、じっと顔を見つめられただけでそれ以上のことはなにもなかった。

碗を手に、雪麗はまた息をつく。湯気の立つ茶の表面が、揺れた。膝《ひざ》の上の盆に碗を置くと、召使いが首を傾《かし》げて雪麗の顔を見た。

「もう、いいわ」

「では、お着替えを」

盆は持ち去られ、掛布をめくられる。寝台から下りようとすると、腰に手をまわされた。寝台から下りることも、ひとりでしてはいけないのだ。なにも履いていない足には室内履きが履かされ、床に下り立つと肩には上衣がかけられる。

「雪麗さま、こちらへ」

手を引かれ、座らされたのは鏡台の前だ。鏡にかけられていた布が取り払われると、乱れた髪の自分の顔が映る。思わず目を逸《そ》らせるが、ふたりの召使いが櫛《くし》を取り、雪麗の髪を梳き始める。

雪麗の黒髪が、次第に艶《つや》を増していく。腰まである髪は光を帯び、ふわりと肩にかかっている。

「雪麗さまの黒髪《ブルネット》は、うつくしいですわ」

感嘆したように、召使いのひとりが言った。

「どうしたら、こんなにさらさらになるのでしょうか？　お国では、なにか特殊なお手入れでもなさっていたのですか？」

「え……、あ、そうね」

召使いの言ったことがすぐには理解できず、雪麗は曖昧《あいまい》にうなずいた。

「国では……椿《つばき》の油を使っていたわ」

椿、という言葉に、召使いたちが顔を見合わせる。通じなかったのだろうか。椿、と繰り返してみても召使いたちは首を傾げるばかりで、意味がわかっていないのか、この国では椿の油で髪を整える習慣がないのだろう。

国では、きっちりと結いあげひと筋の乱れもないように整えられていた。しかしこちらでは、ゆったりと結いあげる。目がつりあがるほどにきつく結いあげられないのは幸いだけれど、頭の上に髷《まげ》を作られただけで飾りをつけられるという髪型には、いまだに慣れない。

「雪麗さま、お腰をおあげください」

召使いが、雪麗をいざなう。もうひとりの召使いが持っているものはコルセットと呼ばれる体の補正のための器具で、それを目に雪麗はぎょっとした。

「ヒューバートさま、は……お仕事なのでしょう？　ご挨拶もできないのに、それはいらないわ……」

「そういうわけにはまいりません」

残酷なまでの断言とともに、召使いはコルセットを雪麗の体に当ててくる。逃げる間もなく紐《ひも》を引っ張られ、ぎゅうう、と締められた。

「きゃぁぁぁーっ……！」

「雪麗さま、いい加減お慣れになってくださいませ」

呆《あき》れたように、召使いが言った。

「淑女は、コルセットを着けるのが常識です。十八インチに、まだ達しておられないでしょう？」

「……うう」

コルセットはがっちりとはめられ、ぎゅうぎゅうと紐を締められる。息ができない。目の前がちかちかする。ぎゅっと紐を結ばれてこれでいいのかと息をつけば、さらに強く締めつけられる。

「も、やめて……、っ、……」

「だめです。もっと、細くならなければ」

「も、いいから……」

ぜぇぜぇと息をつきながら、雪麗は哀願する。しかし召使いたちは、容赦なかった。

「もう、一インチ。まだいけますよ?」

「も、無理……っ、……」

それでも、さらに紐を引っ張られる。本当に息ができない、このままでは窒息してしまう。

そんな恐怖が目の前をよぎったとき、召使いが声をかけてきた。

「今日は、これくらいにしておきましょう。明日は、もう一インチ絞りますよ」

「そんな……」

とはいえ、今日はこれで解放されたことにほっとする。ゆっくりと何度も息をすると、きついのにも少し慣れてきて、雪麗は胸の奥からの息を吐いた。

「今日は、ダンスとピアノの先生がいらっしゃいます」

少し年嵩《としかさ》の、ひっつめ髪の召使いが言った。彼女の腰も細く、本当に十八インチしかないように見える、

「雪麗さまは、嫁いでこられてまだ日も浅い……慣れられるためにも、頑張っていただかなくてはいけません」

「はい……」

男性と体が密着するダンスも、鍵盤を押す力が必要なピアノも苦手だ。月琴《げっきん》ならお手のものだけれど、それはこの国では歓迎されない楽器だという。

コルセットで締められた体の上に、白と桜色のドレスをまとわせてもらった。たくさんのレースとリボンに飾られたそれはとてもかわいらしかったけれど、腰を締めつけるコルセットが苦しいことには変わりがない。

この姿を、ヒューバートに見せたいと思った。しかし彼は、執務中だという。ドレス姿を見せるためだけに邪魔をするのは気が引けるし、ヒューバートもそれを喜ばないだろう。

「……あ」

とんとん、と扉を叩《たた》く音がする。雪麗は振り返り、召使いが返事をして扉を開ける。

「カルヴィンさま」

暗い金髪に、青の瞳をした青年が目の前に立っている。雪麗は慌ててドレスを抓《つま》み、礼をした。

「どうなさったんですの？　ヒューバートさまが執務中ということは、カルヴィンさまも」

「息抜きですよ」

カルヴィンは、いたずらっぽく片目をつぶってみせた。

「義姉《ねえ》さまのお支度が、そろそろかと思いまして。ご一緒に、朝食をいただきましょう」

「カルヴィンさまは、まだなのですか？」

「一応、自分のぶんはいただきましたが」

カルヴィンは、手を伸ばしてくる。力強く手を取られ、雪麗は慣れない踵《かかと》の高い靴に少しよろめいた。

「ぜひとも、義姉さまのお相手をさせていただきたいと思いましてね。今日は、マーマレードの揚げパンですよ」

「そうなのですか」

食べものも、まだ雪麗の口には合わないものばかりだ。揚げパンと言われても雪麗にはぴんとこなくて、首を傾げる。

「甘く焼いた丸い食べものですよ。一度、お召しあがりになったことがあると思いますが」

「そうでした、かしら……」

懸命に思い出そうとするものの、どのような食べものだったか思い出せない。カルヴィンに手を取られて柔らかい絨毯《じゅうたん》の敷かれた廊下を歩きながら、雪麗は戸惑っていた。

「義姉さまは、なにもご存じではないから」

楽しそうに、カルヴィンは言った。

「いろいろと、お教えするのが楽しいですよ。新しいものをごらんになるたびに、義姉さまが驚かれるのを見るのがね」

「悪趣味です……」

雪麗は不満げにそう言ったものの、カルヴィンは手を離そうとしない。そのまま廊下を歩いていって、広い食堂に雪麗を案内する。

「さぁ、こちらへどうぞ」

食堂には召使いが何人かいたが、カルヴィンが雪麗を椅子《いす》に座らせる。目の前には、また湯気の立つ紅茶が置かれ、かたわらからはシリアルの入ったボウルが差し出される。

匙《さじ》ですくって食べるのだけれど、故国の匙とは違う形のそれに、雪麗はまだ慣れない。戸惑っていると、カルヴィンが手を差し出してきた。

「さぁ、こうやって持って」

手を重ねられる。どきりとしたけれど、カルヴィンは涼しい顔で雪麗の手を導く。口の中で崩れたシリアルは美味だったけれど、カルヴィンが手を離してくれないことが気になって仕方がない。

「あの、カルヴィンさま……」

「はい？」

カルヴィンは、にっこりと笑ってそう言った。手を離してほしい、と言い出せなくてもじもじしていると、部屋中の召使いが扉の音に集中したのが感じられた。

「ヒューバートさま」

召使いの言葉に、どきりとした。この国に来て、結婚式をしてまだひと月も経《た》っていない夫。正直に言って顔もろくに覚えていない夫の登場に、雪麗は緊張する。

「カルヴィン」

弟よりも明るい金髪、同じ目の色をしている兄――ヒューバートは、その冷たい青をカルヴィンに向けた。

「いつまで、休憩している。もう充分だろう、さっさと執務室に戻ってこい」

「兄さまは、お堅い」

叱《しか》られたことなど意にも介した様子はなく、カルヴィンは明るく笑った。

「兄さまも、ご相伴《しょうばん》されてはいかがですか？　義姉さまが、朝食中なのですから」

ヒューバートは、なにも言わずにカルヴィンを睨《にら》みつけた。その視線を受けて、雪麗はびくりと体を震わせる。

彼が睨んだのは、カルヴィンだ。しかしまるで自分が睨まれたような気がして、雪麗は恐れたのだ。

「ああ、義姉さま。そんな顔をなさらなくても」

慰めるように、カルヴィンの手が雪麗の肩に置かれる。それにも、雪麗は反応してしまった。

「そのような顔をなさることは、ありませんよ。いつもどおり、にこやかな顔をしてください」

そうは言われても、ヒューバートを前にするとどうしても顔が引き攣《ひ》ってしまうのだ。夫といえど、カルヴィンよりも召使いたちよりも馴染《なじ》みのない相手だ。結婚式以来忙しいらしく、雪麗を訪ねてくることはない。そのことも、またふたりの間に溝を作っている。

「ヒューバートさま……、おはよう、ございます」

たどたどしい英語で、そう言う。雪麗の言葉が拙《つたな》かったのは、恐れに震えていたからだ。

ヒューバートは雪麗を見て、その視線に雪麗はまた震えた。

「ああ、おはよう」

ヒューバートは雪麗を見て、そして淡々と言った。

「明日は、オーツ家での舞踏会だ。用意はできているだろうが、心しておくように」

「あ、……はい」

冷たい声でそう言って、ヒューバートはカルヴィンを促す。カルヴィンは名残《なごり》惜しげに雪麗を見て、渋々といったように彼女のもとから離れた。

ふたりが、食堂から出ていく。雪麗は息を詰めたまま、食堂の扉が閉じるのを見ていた。

雪麗はため息をつく。食事がそれ以上進まなかったのは、コルセットがきついばかりではないだろう。雪麗が匙を置くと、召使いが心配そうな顔で覗《のぞ》き込んできた。

「なんでもないわ……」

母国の召使いは、いるかいないかわからないくらいに気配を感じさせなかった。しかしこの国では、まるで友人かなにかであるかのような距離を取る。顔を覗き込んでくるようなことはしょっちゅうで、それも雪麗には居心地が悪い。

「もう、いいわ」

「ですが、まだパンも出しておりませんのに」

「いいの。コルセットがきつくて、これ以上入らないのよ」

そう言って、立ちあがる。コルセットを言い訳にすると、絞られた紐がますます苦しく感じられた。

□

翌日、コルセットを締めあげられた上に着つけられたのは、薄紫のドレスだった。

胸もとは大きく開いていて、しかし同じ生地で作られた首飾りがつけられたことで、淫《みだ》らな印象はない。たくさんのレースとフリルで飾られたドレスは長く裾《すそ》を引きずって、その陰影に雪麗はうきうきとした。

「……あ」

しかし着替えが終わったのと同時に、扉が開いて雪麗は身を強《こわ》ばらせた。

「ヒューバートさま……」

「雪麗、支度はできたか」

それに応《こた》えたのは、召使いだった。髪もきっちりと結いあげられている格好では、否定しようもない。

「では、行くぞ」

黒の正装のヒューバートは、雪麗に腕を差し出してきた。それに自分の腕を絡めるのだということは知っているけれど、ヒューバートの不機嫌そうな顔を前にしては、なかなか手を伸ばすことができない。

「早くしろ」

「……はい」

おずおずと、ヒューバートの腕に手を絡めた。するとヒューバートは、雪麗を引っ張るように歩き始めて、雪麗は転びそうになってしまった。

「ヒューバートさま……、もっとゆっくり」

掠れた声でそう言うと、ヒューバートは雪麗を見た。その視線に思わず震え、腕をほどこうとするとその手をぐいと摑《つか》まれた。

「しっかり摑まっていろ」

「あ、の……」

ヒューバートは、煩わしそうに雪麗を見た。雪麗が怯《ひる》むと、眉《まゆ》をひそめて雪麗の手に自分のそれを重ねてきた。

まるでヒューバートに引きずられるように、雪麗は部屋を出る。階段を下りるときも馬車に乗るときもヒューバートは早足で、雪麗のことなど考えていないように感じられた。

緊張したまま馬車に揺られ、半刻ほど。その間、隣に座ったヒューバートはなにも言わず、雪麗はますます体を強ばらせて座っていた。

馬車が停《と》まる。やはり早足のヒューバートに腕を取られ、雪麗は慌てて立ちあがる。拍子にドレスの裾を踏んでしまい、雪麗は馬車の床に転んでしまった。

「きゃ、っ……！」

膝を、したたかに打った。痣《あざ》になっているかもしれない。しかしそれよりも、転んだことが恥ずかしくて雪麗は顔を真っ赤に染めた。

「わ、たし……」

「大丈夫か」

雪麗はうつむいていたので、その声にすぐ反応できなかった。コルセットで締めた腰を抱きあげられる。

「ヒューバートさま……？」

抱きあげてくれたのは、ヒューバートだった。考えるまでもなく声をかけてくるのは彼以外いない。しかしヒューバートが雪麗を気遣うようなことをしてくれるとは思わなかったので、驚いて目を見開いてしまった。

「怪我《けが》はないか」

「はい……、恐らく」

膝に痣ができているかもしれないけれど、そのようなことを言うのは恥ずかしい。雪麗はうなずいて、素直に彼に抱きあげられた。

「申し訳ありません、お見苦しいところを」

うつむいて雪麗がそう言うと、ヒューバートはなにも言わなかった。ただ雪麗を抱え、スカート部分を払ってくれる。ヒューバートの思わぬ優しさに、雪麗は思わず目を見開いてしまう。

「……なんだ？」

「い、いいえ……」

慌てて首を振り、差し出された手を取る。ヒューバートは心なしか、ゆっくりと馬車を降りた。今度は、雪麗も転ぶことはない。

「まぁ、ヒューバート。よく来てくださったわね」

声をかけられて、顔をあげる。そこには褐色の髪の初老の女性がいる。ヒューバートが親しげに挨拶をしているところから、懇意な仲なのだろう。女性は雪麗を見て、微笑んだ。

「あなたが、ヒューバートの奥さまね。遠いところから、ようこそ」

「お初にお目にかかります」

ドレスを抓んで、雪麗は挨拶をする。女性は笑顔のまま雪麗たちを中へといざなった。

「ゆっくりしていってちょうだい。今日は、若い人もたくさん呼んであるのよ」

「それは、楽しみですね」

言って、ヒューバートは雪麗の手を軽く引く。先ほど雪麗が転んでしまったときより丁寧に手を取られ、雪麗は驚いてヒューバートを見る。しかし彼の後ろ姿しか見ることはできず、その表情を窺《うかが》うことはできなかった。


広間に通された雪麗は、目を見開いた。

天上からつるされた、きらきらと光る大きな灯《あか》り。敷き詰められた落ち着いた赤の絨毯。流れる音楽は、部屋の隅に陣取っているさまざまな見たことのない楽器を手にした者たちが奏でているのだ。

「ま、ぁ……」

舞踏会と聞いていて、いったいなにをする場なのかと思っていた。美麗な衣装を着せられて、特別な場に行くのだということはわかっていたけれど、雪麗以上に着飾った淑女たち、ヒューバートのような衣装をまとった紳士たちが所狭しと集い、手にはグラスや皿を持って笑い合っている光景は国にはなかったものだ。

「賑《にぎ》やかなこと……」

思わず雪麗がつぶやくと、ヒューバートが雪麗を見やってきた。彼の青の瞳がまるで雪麗の言葉を非難しているかのようだったので、慌てて口を噤《つぐ》んだ。

「このような場は、初めてか？」

ヒューバートがそう言ったのに、雪麗は少し驚いて彼を見た。見あげる先にある青い目はじっと雪麗を見つめていて、雪麗はたじろぐ。

「……あなたとの、結婚式以来です。こんな、たくさんの人が集まっているところは」

「おまえの国では、舞踏会はないのか？」

「こんなふうに……皆が立ったまま食べたり飲んだりおしゃべりしたり。こういうものは、ありませんでした」

ヒューバートが雪麗に話しかけてくることはめったになかったので、嬉《うれ》しくなって雪麗は言葉を続けた。

「祝いごとといえば、皆が着飾るのは同じですけれど、芝居を見るのが主でしたわ。役者が家に来て、品書きにある演目を演じるんですの。なんでも、好きな芝居を見られるんですのよ」

「それはそれで、楽しそうだな」

そうヒューバートは言ったけれど、あまり楽しいと思っているようには聞こえなかった。舞踏会の場で、誰が聞いているかわからないから当たり障りのない返事をしただけかもしれない。

雪麗は、にわかに恥ずかしくなった。はしゃいだ声をあげてしまったことだ。うつむくと、拍子に脚がずきりと痛んだ。

「……、っ、……」

馬車の中で転んだときの傷だ。ドレスの下だからどうなっているのかはわからないけれど、この痛みだと相当ひどい痣になっているのかもしれない。

「どうした、雪麗」

ヒューバートが言った。雪麗は慌てて「なんでもありませんわ」と答えたけれど、ヒューバートの視線はその言葉を信じたようには見えなかった。

「ヒューバート！」

声がかかって、振り返った。そこにいたのはヒューバートと同じくらいの年ごろの青年で、雪麗のように濡《ぬ》れたような黒い髪をしていた。

「そちらが奥方さまか？　紹介してくれよ」

ヒューバートは肯定の返事をした。黒髪の青年を紹介してくれたけれど、外国人の名前は覚えにくい。耳に馴染みのない響きの名前は、雪麗の印象に残らなかった。

「お国のお話を、お聞かせください」

黒髪の青年は、言った。

「遠い国の話は、興味深くてね。特に、今まで縁のなかった国のお話は」

「ええ……、……」

雪麗も、夫の友人との交流を拒みたくはない。しかし話をしてくれと言われてもなにを話していいものかわからない。戸惑っている雪麗を青年は笑みとともに見つめ、同時に広間の隅の楽団が奏でる音楽が大きく鳴った。

「雪麗」

ヒューバートが手を出してきた。雪麗の右手を取って、そっと自分のほうに引き寄せる。

思わず、雪麗はヒューバートの手から逃げた。しかし彼の手は強く、雪麗をより近く抱き寄せてしまう。

「ヒューバートさま……」

雪麗の呼びかけに、彼はなにも言わなかった。雪麗の腰に手をまわし、黒髪の青年から遠ざかる。

「あの……」

まわりでは、同じように体を寄せ合った男女が踊っている。雪麗も、ダンスのステップは師に学んで知っていた。しかしヒューバートと踊るのは初めてだ。

ヒューバートはなにも言わずに、ワルツのステップを踏み始めた。雪麗もそれに倣うと、ヒールの高い靴を履いた足がかつんと音を立てた。

雪麗は、懸命に習い覚えたワルツを踊った。ヒューバートはその印象とは裏腹に流麗に体を動かし、雪麗はそれに合わせるだけで充分だった。

(踊りやすい……?)

意外だった。ヒューバートは言葉少なで目つきも険しく、夫ながらに雪麗は少し恐れてもいた。そんな彼が華麗なステップを見せ雪麗をリードすることは思いのほかで、ダンスの師と踊るよりも体の力を抜くことができると感じられるのは予想外のことだった。

(ヒューバートさまが上手なの? それとも……)

自分と合うのだろうか。そう思うと、かっと体が熱くなるような気がした。ヒューバートに気づかれないかと恥ずかしくなったけれど、しかし彼の手は強くて雪麗に先のステップを促す。雪麗の腰を支えて、ぐいと力を込めてくる。

「あ、っ」

正しい足取りをせっつくように、ヒューバートの手はますます強くなった。彼の手は雪麗に見事なターンを決めさせて、同時にまわりが沸いたのが聞こえた。

「そちらは、外国から来た奥方だろう?」

「ずいぶんと、お上手なのね」

声をかけてきたのは、隣のふたり連れだった。彼らも負けじと華麗なステップを踏んでいながら、視線は雪麗たちのほうを向いている。

ヒューバートはなにも言わずに、軽く会釈をした。雪麗も同じように髪を揺らして挨拶を返すが、その拍子に足にずきりと痛みが走った。

「……っ、……！」

それは、ほんの一瞬だった。膝が痛んだのだ。馬車で転んだ怪我に違いない。しかしせっかくヒューバートが相手をしてくれているのだ。この程度の痛みに怯むのはいやだった。

そんな雪麗に気づいたのか、ヒューバートが眉根を寄せる。雪麗はにっこりと微笑んだ。そしてより情熱的に、ダンスを続ける。

ヒューバートはなにか言いたげだったけれど、しかしなにも言わなかった。雪麗の情熱に応えるようにステップを続け、楽団が演奏を終えるのと同時に雪麗の腰から手を離して、会釈をした。

まわりから、拍手があがる。いつの間にか、広間で踊っていたのは雪麗たちだけだったらしい。雪麗はかっと頰を赤らめた。そして慌てて、ドレスを抓んでお辞儀をする。

「素晴らしい！」

誰かが叫んだ。

「あのヒューバート・ベイツをここまで踊らせるのも素晴らしいが、その黒髪がなびくのを見るのも素晴らしいことだ」

「中国趣味《シノワズリ》を刺激されるね」

喝采は、雪麗を褒めているのかどうかわからなかったけれど、深く頭を下げたあと、あげた視線に映る顔はどれも優しかった。まだ慣れない外国で、そのような歓声を浴びることは嬉しくて、雪麗はもうひとつ頭を下げた。

「……あ」

膝が、また痛んだ。しかし自分に視線が集まっている中、苦痛を顔に出すわけにはいかない。雪麗は痛みを懸命に堪《こら》えて笑顔を作り、ぎゅっと手を握りしめられて思わずヒューバートを見た。

「ヒューバートさま……？」

彼は、労《いたわ》るような顔をして雪麗を見ていた。足が痛むことが、彼には伝わっているのだろうか。転んだくらいで情けないと雪麗は己を叱咤《しった》し、彼には特ににこやかな笑顔を向けた。

ヒューバートは目を細めて雪麗を見てきたが、その理由は彼女にはわからなかった。

眉をひそめて、雪麗は夜着のスカートをめくりあげていた。

膝は、思ったよりひどかった。痣になっているだけではなく、擦《す》り剝《む》いてもいた。道理で、宴の間ずきずきと痛かったわけだ。

怪我は召使いたちが薬を塗ってくれたけれど、それですぐによくなるわけではない。寝台に入ってからもずきずきする膝が気になって、起きあがっていた。

「……はい？」

扉を叩く音がして、雪麗は顔をあげた。立ちあがって扉を開くと、そこにいたのはヒューバートだった。手に、なにかを持っている。

「ヒューバートさま……どうなさったんですか？」

ヒューバートは、無言で部屋に入ってきた。ぱたん、と扉の閉まる音が、雪麗にぞくりとしたものを感じさせる。

「……ヒューバートさま」

「膝を見せてみろ」

「え……、っ、……っ、……」

戸惑う雪麗をものともせず、ヒューバートは雪麗を寝台に押し倒した。驚いた雪麗は思わず足を振りあげてしまい、痛めた膝でヒューバートの腿《もも》を蹴《け》ってしまった。

「っ……、っ……！」

「ほら。かなり痛いのではないか？」

ヒューバートは雪麗の肩を寝台に押しつけて、彼女の足を持ちあげた。薄暗い中、傷の加減を量っているようだ。

「ダンスの間も、痛そうだった。私が、おまえを馬車で転ばせてしまったからだな？」

「い、いいえ……」

雪麗は、必死に首を横に振った。しかしヒューバートはそれを信用していないのか、じっと雪麗を見つめるばかりだ。

「いいえ、ヒューバートさまのせいではありません。どうぞ、お気になさらないで……」

雪麗には、ヒューバートが恐ろしい。怪我を彼のせいにして、叱られでもすればたまったものではない。

「おどきになって、ヒューバートさま……」

「いいや、どかない」

ヒューバートは、頑《かたく》なにそう言った。そして手にしていたものをかたわらに置くと、雪麗の傷に触れたのだ。

「つめた……、っ……？」

雪麗は、膝を跳ねさせた。ヒューバートはなおも冷たいものを雪麗の膝に塗りつけていて、それが薬であることが沁み込んでくる感覚からわかった。

「お、薬……？」

「ああ」

素っ気ない調子で、ヒューバートは言った。

「打ち身に効くらしい。我慢しろ」

「は、い……、っ……」

雪麗が脅《おび》えていたのは、ヒューバートの態度にだった。それが薬とわかれば、脅えることもない。雪麗は落ち着いて薬を塗られ、ヒューバートは何度も薬壺《くすりつぼ》に指を入れては、新たな薬を塗り続けた。

「あの、ヒューバートさま……」

震える声で、雪麗は言った。

「たくさん塗れば、早く治るというものではありませんわ。少しずつ、こまめに塗らないと……」

そう言って雪麗は、はっとした。自分は差し出がましいことを言ったのではないだろうか。せっかくヒューバートが気遣ってくれたものを、踏みにじるようなことを言ったのではないか。

「そうか」

しかし、ヒューバートは特に怒った様子を見せなかった。彼は手早く包帯を巻くと、すっと雪麗の膝から指を離してしまう。それが、妙にさみしく感じられた。

「痛みは、ないのか」

「ええ……、それほどでも」

塗った薬がそうそう早く効くはずもないのに、膝の傷は先ほどよりも痛くなくなっていた。ヒューバートの手のおかげだろうか。人の手には、傷や痛みを癒《い》やす力があるという——手当、という言葉があるように。

「それはよかった」

「ひぁ……」

彼の手が、ふくらはぎを這《は》った。それに、ぞくりとした感覚を受けとめる。雪麗は大きく身震いをして、唇からは微かに掠れた声が洩《も》れた。

「あ、……、っ、……っ……」

思わず、両手で口を押さえた。ヒューバートはこちらに顔を向けて、その青い瞳を雪麗に向けている。彼の目に見つめられると、触れられる部分から伝ってくる感覚が鋭くなった。

雪麗は、また大きく震える。

「や、ぁ……、っ、……」

「感じているのか」

ヒューバートが、低い声で言った。しかし彼の言った言葉の意味がわからない。それは彼の英語が理解できないという意味でもあったし、なにを指しているのかわからないという意味でもあった。

「な、にを……、っ……」

「震えている」

ヒューバートの手が、怪我をしていないほうの膝を這った。びくん、と雪麗の下半身が跳ねる。薄い皮膚は、寒さの中にいるかのようにふるふるとわなないている。

「触れてやったことは、なかったな」

今初めて、そのことに気がついたかのようにヒューバートは言った。雪麗はまた、びくんと震える。

男と女が結婚をして、そのうえで行われることを雪麗は知っている。書物と、乳母《うば》と母からの話で聞いたのだ。しかし夫であるはずのヒューバートは、今まで雪麗に触れてこなかった。その理由はわからぬままに、いつその日が来るのかと脅えていたのだ。

「悪かった。なにかと、忙しかったのだ」

「わたしは……、平気です、わ」

なおもわななく声で、雪麗は言う。

「お忙しいのは、存じておりますもの。……わたしのことなど、お気になさらず」

「いや」

低い声で、ヒューバートは言った。

「これほど、うつくしい我が妻に……触れなかった私は、愚かだな」

自嘲《じちょう》気味にそう言って、ヒューバートはささやく。その声には、後悔の念があった。

「雪麗。こちらを向け」

震えながら、言われるがままにそっと視線をあげる。目の前にはヒューバートの青い瞳があって、硝子《ガラス》のようなそれに思わず見とれた。

「雪麗」

彼は、雪麗の名を繰り返した。まるで初めて知った名を確認しているかのようだ。その声音がくすぐったくて、触れてくる手に脅えてしまって。雪麗は、掠れた声を洩らすしかない。

「つあ、あ……、っ、……」

ヒューバートの手が、腿を撫であげる。それにざっと、肌が粟立《あわだ》った。雪麗が身をのけぞらせると、ヒューバートは夜着のスカートをまくりあげてドロワーズの端に触れる。

「や、ぁ……、ぁ……、っ……」

思わず逃げようとした下半身は、しかしヒューバートの手に押さえられてしまう。彼の指はドロワーズのリボンをたどって、しゅっとそれを引き抜いてしまった。

「あ、っ……、っ！」

コルセットほどきつくはないものの、それでも下半身を拘束していたものがほどける。圧迫感から逃れて思わずほっとしたものの、ドロワーズを取り払われてひやりとした空気が体を這いのぼる。それにぞくりと震えた体を、ヒューバートが寝台に押し伏せた。

「いぁ、あ……、あ……、っ……」

夜着一枚になった体の上を、ヒューバートの手がすべった。腿を、下腹部を、そのまま胸を。彼の手は柔らかい膨らみを揉《も》みしだき、雪麗の体の奥から、未知の感覚を滲《にじ》み出させた。

「は……、っ、っ、……っ」

雪麗の咽喉《のど》を、熱い吐息が焼いた。ふっと吐き出したため息を、ヒューバートが吸い取るようにくちづけてくる。

「……ん、……、っ……」

くちづけなど、初めてだ。結婚の誓いのとき、軽く唇を押しつけられたけれど、あのときは緊張でその感覚を味わっているどころではなかった。緊張しているのは今も同じだけれど、ヒューバートのくちづけは深く、雪麗に呼吸の自由も与えてくれない。

「つあ……、っ、……、っ……」

唇を重ねられる。ちゅく、ちゅくと音を立てて吸われる。触れ合ったところから痺《しび》れのようなものが走って、雪麗は全身をわななかせた。

「や、ぁ……、っ……、っ……」

「抗《あらが》うか？」

くちづけをしたまま、ヒューバートが楽しそうに言った。

「それなら……それもいい。どこまで抵抗できるか、見せてもらおう」

「ん、な……、っ、……こ……と」

抵抗なんて、していない。雪麗の体は、ヒューバートのなすがままだ。唇を吸われて反応し、胸を愛撫《あいぶ》されて体の芯《しん》が痺れ始めている。知識だけはあった閨《ねや》の営みを前に、雪麗は指先まで緊張しきっていた。

くちづけが深くなる。濡れた部分が触れ合って、びくりと体が大きく跳ねた。その身を押さえ込み、重なる唇を深くしてきたヒューバートは、ぬるりとした舌を差し入れてきた。

「や……、っ、……っ……」

挿《はい》り込んできた舌は、雪麗の整った歯の表面をなぞる。それにぞくぞくとした感覚を煽《あお》られて、雪麗は全身を震わせた。

そんな彼女の反応が気に入ったかのように、彼は何度も舌を使った。ぺちゃぺちゃと音を立てて舐《な》められて、その音さえも身に響いて刺激になる。雪麗はひくひくと咽喉を震わせ、掠れた声を洩らし続けた。

「んぁ、……、っ、……、っ……」

ヒューバートのもう片方の手が、雪麗の胸に触れる。夜着越し、両の乳房を押さえられて、雪麗はひくんと大きく腰を震わせた。

「ああ、あ……、っ、……！」

彼の手に包まれて、先端が尖《とが》る。指の腹でその部分を擦られると、びりびりと体に衝撃が走る。

「や、な……、に、……、っ……」

このような感覚は、知らない。こんなふうに体を走り抜けていくものに心当たりがなくて、雪麗は驚きに目を見開く。

「つあ、……、……、っ……」

「こうすると、感じるか？」

「か、んじる？」

思わず聞き返してしまい、それを英語がわからないからと取ったのか、ヒューバートは行為を繰り返した。

「ちが、そう、じゃなくて……、っ、……」

指先にまで流れ込む、痺れのような感覚。体がいうことを聞かなくて、ただヒューバートのなすがままになる。これはどういうことかと、そう問いたかった。

「こ、ん……な、の……、っ……」

「心地いいのだろう？」

唇を離して、ヒューバートはそう言う。離れたとはいっても、表面は触れ合う距離だ。雪麗の目に映るヒューバートの瞳は焦点が合わなくて、それでも彼が自分を見つめていることがわかる。

「おまえが感じていることは、わかっている。……声を、出せ」

「こ、え……？」

胸に置いた手にまた力を込められて、雪麗は喘《あえ》ぐ。まるで空気が足りないかのように呼気が激しくて、問い返す声もうまく形にならない。

「おまえの声が、聞きたい」

「声、なんて……」

初めて聞くものでもあるまいに。なぜ声を、と考えようとした雪麗の脳裏は、再びヒューバートにかき乱されてしまう。

「やっ、……、っ……、っ……！」

乳房を掴まれ、尖った部分を擦られた。同時に唇の濡れた部分まで触れ合うくちづけをされて、雪麗は身を引き攣らせる。

「……ん、ぁ……、っ……、っ！」

柔らかい唇に、軽く歯を立てられた。感じるはずの痛みはなくて、代わりに走ったのは指先までを痺れさせるあの感覚だ。

「っあ、……、あ……、っ……」

開いた歯の間に、厚いものがすべり込んでくる。それは雪麗の舌をとらえて舐めあげ、新たにびりびりとしたものを背筋に走らせた。

こぼれる声は、深いくちづけに舐め取られる。ヒューバートはさらに舌を絡めてきて、強く吸いあげられて体中が引き攣った。

「ん、……、ぅ、……ん、ん……、っ、……」

「雪麗」

唇を重ねたまま、彼がささやく。その声音が普段聞くものよりも優しい気がして、雪麗ははっと目を見開く。視界に映るのは淡い金髪で、それをうつくしいと実感する前に再び舌をもてあそばれた。

「ひぁ、ッ……、っ、……、っ!」

彼の手が、胸をなぞる。愛撫をほどかれてほっとしたものの、その手が夜着の胸もとに入り込んできたことに声があがった。

「っ、あ……、ああ、……、っ……!」

直接乳房を摑まれて、力を込められる。すると体中を痺れが走った。

「んぁ、あ……あ、……、っ、ああ、っ!」

つられるように、声が洩れる。何度も捏《こ》ねられるようにされ、そのたびに体中に走る感覚に喘ぐと、重なった唇からふっと呼気が洩れた。

「本当に感じやすい……愉《たの》しませてもらえそうだ」

「な、にを……！」

ヒューバートの言っている意味がわからない。それでも自分の身に今まで体験したことのないことが起こるのだとわかって、全身が大きく震える。

彼の手は、もうひとつの乳房にも触れてきた。きゅ、きゅと力を込められて、つま先にまで痺れが走る。体が引き攣っていうことを聞かない。雪麗の体はヒューバートの手の中にあって、自分のものでありながら自分のものではないようだ。

「あ、あ……、っ、……、っ……」

両方の乳房を揉みながら、彼の片膝が雪麗の両脚の間にすべり込む。谷間をつんと突かれて、雪麗は大きく身を跳ねさせた。

「や、ぁ……、な、に……、っ……」

思わず鋭い声が洩れるほどに、激しい衝撃があった。頭の中までが真っ白になって、なにが起こったのかわからない。

「それが、感じるということだ。雪麗」

耳もとに、ヒューバートの声が聞こえる。それにすら感じてぶるりと身を震い、雪麗はヒューバートのするがままになる。

「あ、あ……、っ、……」

剝き出しになった胸を、ふたつの手が揉む。力を入れられているように感じるのに、痛みを感じないのは両脚の間を突きあげられる感覚が体中に甘い感覚を生むからだ。

「や、ぁ……、なん、で、……こ、んな……」

「濡れているな」

満足げに、ヒューバートがつぶやく。その言葉の意味もわからなくて、雪麗は瞠目《どうもく》する。

ヒューバートは雪麗の顔を見て笑い、剝き出しになっている雪麗の脚の谷間に指をすべらせてきた。

「ひぁ、……、っ、……、っ、っ！」

言葉を失って、雪麗は身をのけぞらせる。今までにない、全身の痺れに我を忘れ、頭の中が一瞬真っ白に染まっていたように思う。

「な、に……、っ、……？」

「ここで、私を受け入れるんだ」

「受け入れ、っ、……っ、……」

彼の言葉の意味がわからなくて、戸惑う。ヒューバートの体は開いた雪麗の脚の間にあって、支配しようとでもいうように押さえつけている。そうでなくても、雪麗の体はヒューバートの手中にあるのだ。

「ここで……、私の、欲望を受けとめる」

「いぁ、あ……、ぁ……、っ……！」

彼の指は、濡れそぼった隙間《すきま》に這う。びくん、と雪麗の体が大きく跳ねた。今まで触れられるなど想像もしなかった箇所に指が這い、大きく目を見開いてしまう。

「そ、んな……、とこ、ろ……、っ……」

「しかし、ここで繋がらなくては、私たちは子を生《な》すことができないぞ？」

子を、生す。自分の最も大切な任務を思い出し、雪麗は息を吐く。そんな彼女の唇にくちづけを押しつけながら、ヒューバートはにやりと笑った。

「おまえを口説《くど》くには、甘い言葉よりも、義務らしいな」

「ヒューバートさま……？」

訝《いぶか》しげに彼の名を呼ぶと、ヒューバートの笑みは苦笑に変わっている。自分はなにか、不都合なことを言っただろうか。戸惑う雪麗は、しかし胸にすべってきた手が乳房を揉み、指の腹で尖った部分をくりくりと捏ねまわす行為に意識を奪われてしまった。

「いぁ、あ……、ああ、あ、あ……、ぅ、……！」

そこはほんの小さな場所なのに、体中に響く衝撃を秘めている。そこをこりこりといじられるだけで全身は反応し、体の奥から熱い蜜が洩れ始めているのを感じる。

「や、ぁ……、っ、……、っ……」

「ますます濡れてきたな……」

愛《いと》おしむように、ヒューバートはそう言った。反射的に雪麗は両脚を閉じようとし、そこにぺちゃりと湿った音を聞く。

「女は、感じると濡れる……男を、受け入れるためにな」

「わ、たし……」

濡れる場所は、いったいどこなのだろうか。両脚の間に違和感があるのは、それなのだろうか。雪麗は腰を捩《よじ》るが、ぺちゃぺちゃとより高い濡れた音があがって、頬がかっと熱くなる。

「ほら、濡れている」

ヒューバートは、雪麗のドロワーズを剝《は》ぎ取った。下半身が頼りなくなってふるりと震えると、溢《あふ》れる蜜がどっと増えた。

「触れてみてもいいか？　おまえを、味わいたい」

「え、ええ、……」

彼が触れてくるのは、両脚の間だろうか。濡れている部分を晒《さら》すのはあまりにも恥ずかしかったけれど、ヒューバートの脚が雪麗の膝を割り、脚の間に入ってこられれば逃げることもできない。そうでなくても、雪麗の体はもうヒューバートの思うがままだけれど。

「ひぁ……、っ、……！」

乳房を揉んできた片手が、両脚の間にすべる。彼の指がちゅくりと触れてきた部分から全身の痺れるような快感が走り、雪麗は大きな声をあげてしまった。

「いくらでも、声をあげるといい……」

どこか、うっとりした声でヒューバートは言った。

「おまえの声は、どんな楽器にも勝る……心地のいい音色だ」

「あ、や……、っ、……、っ、……！」

谷間に指を差し入れられ、擦られる。すると濡れた音がして、その淫らさが雪麗を震えさせる。そんな彼女の反応を愉しむようにヒューバートは指を前後に動かし、聞くに堪えがたい淫らな音を奏で続ける。

「あ、……、そこ、ばか、り……っ……」

「こちらも、か？」

彼は胸に置いた手をうごめかせる。柔らかい部分を揉み込まれる感覚と、先端の尖りを押しつぶされる感覚。それらが双方から雪麗を煽って、ますます高い声が洩れてしまう
「どこだ……？　どこが、感じるんだ？　おまえの口で、言ってみろ」

「や、ぁ……、っ、な……、っ、……」

唇が疼《うず》く、乳房が震える。下腹部がもどかしくて、触れられている秘所が痒《かゆ》いような痛いような感覚にとらわれてどうしようもない。それらを告げる言葉を知らず、雪麗は手を伸ばした。

「ヒューバート、さ、ま……、っ……」

彼を抱きしめる。逞《たくま》しい体の重みが感じられて、それにも雪麗はまた感じてしまう。

「どこが感じるんだ……？」

「い、ぁ……、こ、こ……、っ……」

雪麗は、腰を揺らめかせた。すると挿り込んだ指がくちゅくちゅと動いて、花園を荒らす。それにまたたまらない感覚を得て、雪麗は声をあげた。

「あ、……そ、こ……、っ、……、っ……」

「ここか？　……ここ、か？」

片手では乳房を摑み、指の腹で乳首を捏ねるヒューバートは、意地の悪い声で尋ねる。

「こちらも……硬くなって。おまえの肌がますます艶《あで》やかになるのが、伝わってくるな」

「ああ、……、そ、……、ん、な……、っ……」

下肢に触れる指が、秘芽をとらえた。それを、乳首を転がすようにいじられて、雪麗の体温は一気にあがった。

「や、ぁ……だ、め……、っ……っ……！」

雪麗は下肢を跳ねさせるが、しかしヒューバートは鍛えられた体で彼女を押さえつけ、自由な動きを許さない、指は、敏感な秘芽を抓んで力を入れて転がし、そこからは蜜がたらたらと垂れてくる。

「いや、……こ、んな、の……、っ……」

「しかし、誰もがしていることだぞ？」

乳首を、きゅっと捻《ひね》りながらヒューバートは言った。

「私たちだけが特別だというわけではない……私たちは、世にも許された夫婦。なにを、ためらうことがある……？」

「こ、んな……こと……」

世の人が、普通にしていることとは思えない。触れられているだけであられもない声があがり、力を込められるだけで体が魚のように跳ねる。

「おか、し……、おかしい、ですわ……、っ……」

「しかし、おまえは感じている」

ちゅくん、と秘所を擦りあげられた雪麗は腰を跳ねあげ、そんな彼女にヒューバートは笑った。それが体に響いて、雪麗はまたあえかな声をあげてしまう。

「ほら……こんなに、濡らして。美味《うま》そうだな」

「やっ……、っ……！」

ヒューバートは、濡れた指先を雪麗に見せた。それは部屋の薄赤い灯りに光って淫らで、
雪麗は顔を背けてしまう。

「おまえの蜜だぞ？　なにを、目を逸らせることがある」

「いや……、やめて……」

雪麗は、顔を両手で覆った。しかしその蜜を唇に塗りつけられ、くちづけをされて奇妙な味のする接吻《せっぷん》を味わわされて、雪麗は眉根を寄せた。

「や、ぁ……、っ、……、……」

ヒューバートはくちづけを深くしてきた。舌を絡められて異様な味は薄まったものの、彼は口腔をなぞるように舌を使ってきて、その間にも胸と下肢への愛撫をやめない。

「ん、ぁ……、っ、……、っ、……、っ」

唇と舌、乳房に乳首。さらには下肢の芽を舐められいじられ抓まれて、雪麗の正気はもうぎりぎりのところにまで来ている。

「いや、ぁっ、っ、……、っ……」

大きく身震いをしながら、雪麗は訴える。身を捩ると、ヒューバートの腕の強さが感じられて、そのことに胸の奥が反応した。

「やぁ……、あ、あ……、っ……、……」

彼の腕にとらえられて、逃げられない。そのことを身をもって感じて、雪麗の性感は今にも爆発しそうになっている。

「あ、あ、……、ああ、あ……、っ、……」

ヒューバートの指が、濡れている花びらを挟む。きゅっと力を込められて、びくんと体が跳ねた。形をなぞるように軽く爪を立てられて、体中の熱が一気に崩壊した。

「あああ、あ……、っ、つあ、あ……、っ、……、ッ……！」

頭の中が、真っ白になる。指の先が痙攣《けいれん》する。なにも見えなくて、全身が大きくわなないて。そんな時間が、長く続いた。

「は、ぁ……、っ、……、っ……」

吐き出す呼気も、途切れ途切れだった。まるで全力で駆けたかのような激しい息づかいで雪麗は寝台の上で震えていて、そんな彼女をヒューバートはぎゅっと抱きしめた。

「達《い》ったな」

「達……、く……？」

言われた言葉を、掠れた声で繰り返した。ヒューバートは雪麗の頬に触れるだけのキスをして、それにも大きく震えてしまう。

「ああ。このうえなく、気持ちいいことを味わったということだ」

「きも、ち……、いい、……」

あられもないところに触れられて、恥ずかしい声をあげてしまって。それが、気持ちいい――ふるりと震える体はまだ痙攣していて、口もとはおぼつかない。濡れた唇はわなないて、まるで寒さの中にいるかのように震えているのに、全身はかっかと熱い。

「ああ。おまえは、極上の快楽を得たのだ。覚えておけ……私は、何度でもおまえをこの天国に連れていく。そのたびに、おまえは違う顔を私に見せるのだ」

「ヒューバートさま……」

彼の、ささやきのような言葉は雪麗の身に深く沁み入った。これはヒューバートにのみ与えられる感覚で、ふたりが夫婦としてつながった証《あかし》で。そう思うと雪麗は、深い満足の息をついた。そんな雪麗を、ヒューバートがさらに強く抱きしめてくる。

「あ、……、や、ぁ……、っ……？」

「おまえがあまりにかわいらしくて、我慢できなくなった」

苦笑とともにそう言って、彼は体を起こした。雪麗もそうしようとしたけれど、ヒューバートの手が雪麗を押さえる。彼は手を伸ばし、雪麗の夜着のリボンをすべてほどいてしまった。

「きゃ……、っ、……、っ……」

「寒い？」

そう言うヒューバートは、正装を脱いだフロック姿だ。彼は雪麗を仰向《あおむ》けにして、再び脚の間に膝を突き込んで脚を開かせた。

「な、……、っ……、っ……？」

「もっと、いい世界に連れていってやろう」

耳もとで、ヒューバートはささやいた。

「おまえが、病みつきになってもっともっとねだるような……これなしでは、いられないような」

「あ、れいじょう……、の……？」

掠れた声で、雪麗は問うた。ああ、とヒューバートはうなずく。その表情に、淫猥な影が宿ったことに雪麗は気づく。ぞくりと背を走ったのは、この先を期待する予感だった。

「雪麗」

彼は名をささやいて、くちづけてくる。重ねてくるだけのキスにはもう慣れたつもりだけれど、それでもやはり緊張する。彼は下肢で手を動かし、そして雪麗の腿の裏に手をやると、大きく拡《ひろ》げさせた。

「や、ぁ……、っ……、っ……、っ!?」

両脚の間に、ヒューバートの体が入ってくる。腰を押さえられて身動きができずにいると、先ほどまで彼の指が触れていた濡れた花びらに、熱いものが押しつけられる。

「なに……、な、に……、……？」

ふっと、ヒューバートは笑った。熱いものは花びらをかきわけ、入ってくる。

「つあ、あ……、や、ぁ……、っ、……!」

それは、垂れ流れる蜜に助けられてぬくりと入ってきた。押し拡げられる感覚。圧迫感を感じたのは、それが入り込んでくるとき。異物感に雪麗は息を呑《の》み、しかしゆっくりと動く彼が、精いっぱいの誠意を見せているということに気がついていた。

「は、っ、……、っ……」

それは、彼が吐く息が今までになく荒かったせいかもしれない。一気に突きあげたいのを堪えているといったような慎重な動きは、雪麗に彼に大切にされているという実感を得させた。

「や、ぁ……、っ……ッ……、っ……」

それでも圧迫感はどうしようもなくて、雪麗は呻《うめ》く。熱いものに体を侵蝕《しんしょく》されていく感覚。慎《つつ》ましく口を閉じていたところが拡げられて、男の欲望を呑み込む刹那《せつな》。

「ああ、あ……、っ、……、ぁ、……」

ずくん、と体中に響いた場所があった。その瞬間だけは裂かれるような痛みがあって、しかしそれはすぐに、溢れる快楽に塗りつぶされる。

奥深いところを突かれると蜜がどくりと溢れて、侵入が容易になった。すると蜜洞を擦られる感覚はますます鋭くなって、雪麗はぴりぴりする痛みと、敏感な部分を擦られる快楽を得る。

「やぁ、あ……、ああ……、っ、……、っ……」

ヒューバートの逞しい体に抱きついて、雪麗は脚を引き攣らせた。すると挿入はますます深くなり、自分の指すら届かないであろう場所を彼の欲芯が突く。

「いぁ……あ、あ……、っ、……、っ……」

深い部分を抉《えぐ》られて、雪麗は泣いた。痛みはまだ残っているような気もしたし、迫《せ》りあがる快楽に上書きされてしまったようにも思う。あまりの圧迫感に雪麗の呼気はだんだんと途切れ、息が苦しい。胸が熱い。それ以上に、体の中にたまらない快楽がある。

「つあ、あ……、っ、……ヒューバート、さま……、」

彼の名を呼ぶと、くちづけされた。いきなり押しつけてくる、乱暴なキスだ。しかしそれが奇妙に心地よくて、雪麗は自分からも求めた。お互いの唇を吸うと、そこから新たな快楽が流れ込んでくるような気がする。

「ああ、……つあ、……ああ、あ……、っ……」

内壁は、蜜を流しながら彼を受け入れる。じゅく、じゅくという淫らな音があがるたびに快楽は増し、雪麗は我を忘れて喘いだ。

「い、……ぁつ、……、っ……、っっ……!」

いつの間にか雪麗の脚はヒューバートの下肢に絡み、もっとと促すように力を込める。すると挿り込んでくるものはより熱量を増し、雪麗の体を抉ってくる。

「は、ぁ……、あ、ああ……、っ……」

これ以上は、苦しい。雪麗が限界を感じて体を震わせると、ヒューバートも息を吐いた。唇にかかった吐息は熱く、彼もまたこの行為に夢中になっていることがわかる。

「ヒューバートさま、も……、っ……」

掠れた声で、雪麗は訴えた。

「も……、れ、じょ……、っ……」

「ああ」

彼は、同調したようにうなずいた。ぐっと腰を突きあげられて、するとぴりっと走る痛みがあったけれど、すぐに快楽がそれを上塗りする。

「は、ぁ……ん、……、っ……、ッ、……、っ……」

雪麗の嬌声《きょうせい》は、長く続いた。同時に奥の引っかかる部分を擦られて、そこに熱いものが流れ込む。焼けてしまうのではないかと思うような熱は、雪麗の脳裏にまで流れ込んで意識を白く染めていく。

「ヒューバートさま……、ヒューバート、さ、ま……」

声は掠れて形にならず、それでも雪麗はヒューバートを呼び続けた。彼に抱かれ、名実ともにヒューバートの妻になれた――そのことが、胸に沁み渡る。喜びが体中に沁み渡る。

掠れた声で名を呼ぶと、彼の力強い腕がぎゅっと抱きしめてくれた。そのことは、きっと夢ではなかったと思う。


目覚めたとき、雪麗はひとりだった。

すぐには自分がどこにいるのかわからなくて、きょろきょろとあたりを見まわす。いつもの天蓋《てんがい》の中、いつもの寝台に横たわっている自分が、なにも着ていないことに気がついた。

（わ、たし……）

昨日の夜は、ヒューバートが訪ねてきたはずだ。ふたり、乱れた姿で交わり合った——そのことを思い出して雪麗は体中を熱くして掛布の中に潜《もぐ》り込んでしまった。

「雪麗さま？　お目覚めですか」

昨日の夜、なにがあったのかも召使いたちは知っているだろう。それを思うとますます恥ずかしかったけれど、返事をしないわけにはいかない。

「……起きているわ」

「おはようございます」

自分が今素っ裸でいる以上に、なにかが変わってしまっているだろう。男に抱かれたあと、女は変わるものだと乳母が言っていた。どう変わったかはわからずとも、召使いたちの目をごまかせるとは思えない。

レースが開いて、差し込んできた光に雪麗は目を細めた。いつも先を取って面倒を見てくれる召使いがいる。彼女は嬉しげに、にこにこと笑いながら話しかけてきた。

「雪麗さま、膝のお加減はいかがですか？」

「膝？」

言われて、やっと思い出した。自分は、舞踏会で膝を怪我したのだ。そのことがヒューバートとの距離を縮めたこともまた恥ずかしくて、雪麗の声は小鳥のように小さくなった。

「大丈夫、よ」

「ですが、お薬を塗り直さないと」

ヒューバートには包帯を巻いてもらったけれど、そのようなものはほどけてしまっているだろう。それもまた恥ずかしくて、雪麗は寝台から出ることができない。

「今日のお召しものは、なにになさいますか？　天気もいいし、ミントグリーンにでもなさいますか？」

すべてを知っているはずの召使いの言葉が、やはり恥ずかしい。召使いは、雪麗の格好など気にもしないでいつもの朝の作業を進めている。いくら裸のままでも寝台から下りなくてはいけないと思っていると、召使いがいつもはしない、温かい濡れタオルで体を拭《ぬぐ》ってくれた。それに声をあげたいくらいの羞恥があった。脚の間を拭われたときはなおさらだ。

いつもどおりコルセットも締められ、召使いの言うとおり薄緑のドレスをまとわされて、食堂へと案内される。出された食事を口にする間も、召使いたちが昨日の夜雪麗の部屋でなにがあったのか噂《うわさ》をしているようで落ち着かない。そのようなことはないとわかっていても、どうしても気になってしまうのだ。

「……あ」

食堂の扉が開き、入ってきたのはカルヴィンだった。見慣れた彼の顔にほっとして、同時に彼もまた雪麗の身の上になにが起こったのか知っているのかと思うと、パンを取り落としてしまった。

「義姉さま、おはようございます」

彼は、そのようなことなどおくびにも出さずに、そう言った。

「昨日の舞踏会で、怪我をされたとか？　メイドに聞きましたよ」

「たいしたことでは、ございませんわ」

ドレスの下で、脚をもぞりと動かしながら雪麗は言った。実際、薬のせいか脚はよくなっているのだ。カルヴィンに心配してもらうほどのことではない。

「わたしの不調法で……お恥ずかしいですわ」

「いえいえ、大切な義姉さまが怪我をされたとあれば、黙ってはいられませんから」

いつもの笑みで、カルヴィンは雪麗に近づいてくる。思わず怯んだのは、昨日の夜のできごとをカルヴィンに気取られたくなかったからだ。もっとも、怪我のことをも知っているカルヴィンだ。昨日の夜のことなど、召使いにでも聞いているだろう。

「本当に、大丈夫ですの……」

朝食を摂《と》っているときにカルヴィンが顔を出すのはいつもなのに、今日は彼に近づかれたくないと思うのは、やはり昨日の夜の出来事ゆえだろうか。目聡《めざと》い彼なら、雪麗が変わってしまったことにも気づくだろう。それがたまらなく恥ずかしくて、雪麗は彼から視線を逸らせた。

「ヒューバートさまのお手伝いは、よろしいのですか?」

「兄さまは、今朝《けさ》は珍しく寝過ごしましてね」

その言葉に、どきりとする。それは、雪麗と夜の時間を過ごしたからだろうか。いつも時計のように正確に執務に就いている彼の、意外な一面に雪麗は驚いたり、心密《こころひそ》かに心配したりしている。

「僕は、暇をもてあましているわけなのですよ。朝食が終わったら、外に出ませんか」

誘われるのにふさわしい、いい季候だ。雪麗は「そうですね」と言って、残りの食事を片づける。ヒューバートのことは気になったけれど、彼を訪ねる勇気はない。

「梨のコンポートが、特に美味《おい》しかったと言っておいて」

召使いにそう告げ、席を立つ。待っていたかのようにカルヴィンが雪麗の手を取って、歩き始める。

「大丈夫ですか?」

「本当に、大丈夫なの……あまり心配されると、かえって恥ずかしいですわ」

玄関への回廊で、出くわしたのはヒューバートだった。言われてみれば彼はいつもどおりの冷静沈着な表情ではなく、どこか慌てているように見えた。

「ああ、兄さま」

最初に口を開いたのは、カルヴィンだった。雪麗はドレスを抓んで挨拶をし、ヒューバートは「ああ」と短く言った。

「カルヴィン、雪麗をどこへ連れていくつもりだ」

「どこって、庭園ですよ」

涼しい口調で、カルヴィンは言った。

「義姉さまを、ご案内しようと思って」

「今さら、案内などなくても雪麗はメイドがいればいいだろう」

「ですが」

雪麗の手を取ったままのカルヴィンを、ヒューバートが睨みつける。

「そのようなことを言って、仕事を怠《なま》けるつもりだろう。いいから、来い」

ヒューバートが近づいてくる。彼の手は雪麗の手首を摑んでいるカルヴィンの手に触れ、その指先が雪麗にも触れた。

「きゃ……、っ……」

思わず、悲鳴をあげてしまった。彼の体温を感じると、昨夜《ゆうべ》のことがますます鮮やかに思い出される。

「あ、義姉さま……」

「あ、あの、失礼いたします！」

雪麗はふたりの手から自分の手をひったくるように引き出し、来た回廊を駆けた。途中で痛めた脚がドレスに引っかかり、転んでしまって恥ずかしさはますます増した。

（こ、こんなに緊張するものだなんて……！）

はぁ、はぁと息を吐く雪麗は、通りかかった召使いに助けてもらって立ちあがった。それもまた恥ずかしいのに、ヒューバートと顔を合わせることなどできるはずがないと思った。

（もう、ヒューバートさまと顔を合わせられないわ。二度とお目にかかれないわ。あんな……、あんな、恥ずかしいこと）

自分の顔が、赤くなっていないかどうか心配だった。召使いがしきりにこちらの顔を覗き込んできているような気がして、その場に座り込みたいような気分に襲われた。

第二章　魔女の悪名

春の陽射《ひざ》しは眩《まぶ》しいけれど、少し気温の低い日が続いた。

雪麗も、ドレスの上に一枚を羽織る。それもドレスに合わせた仕立てで、決して単なる防寒具とは見えないものだ。

「あら……？」

雪麗は、まわりを見まわした。少し肌寒い庭に出た雪麗に従う召使いに、見慣れぬ顔があったのだ。

「いつもの子は、どうしたの？」

「あの、風邪《かぜ》だといって、今朝起きられなくて……」

まぁ、と雪麗は声をあげた。

「医師には診《み》せたの？　風邪って、本当に？」

「あ、あの……」

雪麗の声音に驚いたのか、召使いはまるで悪いことをしたかのように小さくなってしまった。

「お医者さまに診せるほどじゃないって。今は、部屋のベッドに横になってます。でも咳が

うだい」

「外風《がいふう》を患っているのかもしれないわ。早く、その子のところにわたしを連れていってちょ
自分も、またぶるりと震えながら雪麗は言った。

「こんな、肌寒いのですもの」

ひどくて……」


雪麗の言ったことに、召使いたちは首を傾げた。外風という言葉を、自国語で言ったのだから無理もない。その言葉を説明すると、召使いは驚いた顔をした。

「で、すが……奥様に伝染《うつ》りでもしたら」

「でも、放っておけないじゃない。わたしを、その子のところまで！　早く！」

急《せ》かされて、召使いたちは慌てたようだ。しかし雪麗の決意が固いと知ったのか、召使いの宿舎にまで連れていってくれる。

風邪を引いたという召使いは、真っ赤な顔をして横になっていた。雪麗の姿に驚いたように起きあがろうとしたけれど、雪麗はそれを押しとどめた。

「じっとしてなさい。咳はひどく出るの？」

「は、い……」

「関節は？　痛む？」

「少し……」

雪麗は、召使いの目を見た。下瞼《したまぶた》を引っ張って色を見、舌を出させる。いずれも赤く、外風を患っているというのは本当だと見て取れた。

「待っててね、お薬を取ってきてあげるから」

「そんな、雪麗さま……」

召使いの制止を無視して、雪麗は部屋に戻る。兄から贈られた薬箱の中から、秦艽《じんぎょう》、桑枝《そうし》を取り出した。

「薬研はどこ？　煎《せん》じる薬罐《やかん》もちょうだい」

一連の働きに、雪麗は夢中になった。苦しんでいる者を放ってはおけない。香り高いとは言いがたい煎じ薬を召使いに飲ませ、ほっと息をついたとき、気がついた。

（な、に……？）

まわりの召使いの、雪麗を見る目が変わっている。雪麗は、ぞくりとした。

（まるで……気味の悪いものを見るような……？）

雪麗が薬を飲ませた碗を差し出すと、召使いたちは誰が受け取るのかとお互い押しつけ合うように目を見交わしているのだ。

それを、最初は病人が触れたものをいやがっているのかと思った。しかし彼女たちは雪麗と目が合うと逸らせ、明らかに雪麗を恐れているのだ。

（どうして……なぜなの？）

雪麗は、あたりまえのことをやっただけだ。それがなぜ、このような目で見られなくてはいけないのだろう。理解できない雪麗は戸惑うばかりで、恐る恐る手を伸ばしてきた勇気のある召使いの手に碗を渡す手も震えてしまった。


雰囲気が、変わったような気がする。

朝起こしてくれるときも、給仕のときも、態度は変わらない。ただなぜか、召使いとの間に距離を感じるのだ。

「あの……」

その朝も、着替えさせてもらいながら違和感を抱いていた。袖《そで》を通しながら、雪麗は金色の髪の召使いに尋ねる。

「なにか、あったの？」

「……え？」

召使いは、目上の者に対するとは思えない調子で返事をした。その、緑色の目が大きく揺れている。

「なんだか……おかしな感じ。なにが違うとは、言えないのだけれど」

「なんでも、ありませんわ」

召使いは、言葉どおりなんでもないように返事をした。

「なにも、変わったことなどございません。お気になさることはありません」

「そう……？」

それでも、雪麗は拭い去れないおかしな雰囲気を感じている。ドレスをきっちりと着つけてもらい、朝食のために食堂に向かう間も、同じだった。

（つかず離れず、とでもいうのかしら……？）

召使いたちは、雪麗と礼儀正しい距離を置いている。しかしそれ以上近づいてこない。まるで雪麗に近づくのに脅えているかのような、そんな印象を受けるのだ。

（どういうことなの？）

疑問に思っても、しかし真実を尋ねられる相手はいない。正式に夫婦になったとはいえヒューバートに尋ねるのは憚《はばか》られる。彼との関係は、まだそこまで深くはない。

（カルヴィンさまに……）

しかし、それもまた気が引けるのだ。ヒューバートにも言わないことを、カルヴィンに言ってもいいものだろうか。しかしそれ以外に雪麗がなにかを訊《き》けるとしたら、あとはヒューバートたちの父親、ブラッドリーだけだ。

ブラッドリーは結婚式のとき顔を合わせただけでこの屋敷には住んでいないらしい。義母でもいればおしゃべりついでに聞くことができるのかもしれないけれど、ヒューバートたちがまだ幼いころ、ブラッドリーの妻は流行病《はやりやまい》で亡くなったらしい。

(いったい……なにが起こっているの?)

食堂では、またカルヴィンに会った。彼は相変わらず明るく話しかけてきて、雪麗もそれににこやかに応えた。

「あの、カルヴィンさま」

雪麗が言うと、カルヴィンは軽く首を傾げた。

「以前、風邪を引いた召使い。あの者は、もう大丈夫なのですか?」

なにしろ、それを尋ねることも憚られるような召使いたちの態度だったのだ。ところが驚いたことに、カルヴィンまで眉をひそめたのだ。

「……まさか」

「ああ、あのメイドなら、元気になりましたよ」

カルヴィンは言った。よもや、自分の調合した薬を与えた召使いに万が一のことがあっては大変なことだ。しかし元気になったと聞いて、雪麗はほっとした。

「ほかのメイドたちに伝染ることもなく、今は元気に働いています。あなたの薬が効いたのでしょうね」

「それなら、いいのですが……」

雪麗は胸に手を置き、安堵《あんど》のため息をつく。しかしカルヴィンは、眉をひそめたままなのだ。

「カルヴィンさま……？」

「あなたが、医者の娘だということは聞いていませんでしたが」

苦い顔のまま、カルヴィンは雪麗を見る。そのとき、雪麗は気がついたのだ。彼の目の中に、気味悪いものを見るような色がある。まるで蛇《へび》か蛙《かえる》でも見ているかのようなのだ。

「ど、ういう……？」

「あなたの国では、誰でもあんな怪しげな薬を使うのですか？」

「怪しげな薬？」

聞き返して、やっと雪麗はすべてを理解した、召使いたちの気味悪そうな視線も、カルヴィンの目つきも、すべてはそのせいだったのだ。

「あ、れは……、わたしが好きで学んだことですわ」

おずおずと、雪麗は言った。

「お父さまもお兄さまも、医生《いしゃ》です。わたしは女なので仕事にはできませんでしたが……」

「道楽で、薬を扱うと？」

カルヴィンの、眉間《みけん》の皺《しわ》が深くなった。雪麗は思わずたじろぐ。カルヴィンの、異物を見るような視線が濃くなった。

「あなたの国では、それがあたりまえなのですか？　若い娘が……仕事でないのに薬品を扱うなど」

「でも、わたしは師について学びましたわ！」

雪麗は声をあげる。

「道楽と言えば道楽ですけれど、単なる奇矯《ききょう》趣味ではありません。わたしはこう見えても中《ちゅう》医学《いがく》に通じておりますし、何人ものかたがたがわたしを頼りにしてくださっていましたのよ」

「医師の免許は？」

カルヴィンがそのようなことを言ったものだから、雪麗は驚き怯んだ。その表情を見て、カルヴィンは表情を険しくする。

「免許なんて……そのようなものは、わたしの国では普及しておりません」

「では、もぐりの医者ということになる」

刺々《とげとげ》しい口調で、カルヴィンは言った。

「そのような者を、我が国では認めていない……そういう者を、なんというかご存じですか？」

「え？」

雪麗は戸惑った。カルヴィンはその表情のまま、苦く言う。

「魔女、というのですよ」

「魔女……？」

雪麗は、しばし考えた。カルヴィンの言葉の意味がわからなかったからだ。しかしそれが女妖《にょよう》――怪しげな技を使ういかがわしい者たちのことを指すのだと気がついたとき、雪麗の体中の体温が下がった。

「魔女、ですって……？」

厳しい顔つきで、カルヴィンはうなずく。雪麗は大きく目を見開いて彼を見つめていた。

「わたし……そのような者だと思われているのですか？」

「残念ながら」

雪麗は、自分の目の表面が乾いていくのを感じていた。自国ではあたりまえだった行為が、そのように取られているなんて。雪麗は啞然《あぜん》とするしかなくて、そんな雪麗をカルヴィンは眉をひそめて見つめていた。

「魔女は、悪魔と交わってこの世に邪鬼を振りまきます」

カルヴィンは、忌々《いまいま》しげにそう言った。

「僕とて、義姉さまが魔女などと信じてはおりません。ですが、そういう話が出まわっているのは事実」

乾いた雪麗の眼球に、カルヴィンの顔が映る。彼は苦々しい顔をして雪麗を見ていて、その表情がますますの不安を誘う。

「わたしは……どうしたら」

「どうしようもありません」

冷たい口調で、カルヴィンは言った。

「噂というものは、止められないものです。しかも、あなたは外国人……そういう噂が立つのも無理はないでしょう」

「そ、んな……」

思わず足の力が抜けて、雪麗はよろめいてしまう。かたわらの椅子に寄りかかったことで倒れることからは免れたけれど、衝撃は隠せないままだ。

まわりを見やる。召使いたちは、皆カルヴィンと雪麗を遠巻きに見ていて、確かにその目には恐れが浮かんでいる。

（そんな……わたしは女妖なんかじゃない。ただ、知っていることを実践しただけ）

それは、字を書いたり本を読んだりするのと同じことだ。雪麗自身、英語での読み書きはまだまだおぼつかない。雪麗宛《あ》てに来る手紙は少ないので目下困っているわけではないが、英語独特の言いまわしがある手紙などは召使いに読んでもらって意味を聞いて、やっと理解できるということも多い。

雪麗は、同じことをしただけだ。外風を患った召使いの籠《こ》もった気を散らし、体調を治しただけ。字を読んで、本を読んで、女妖と呼ばれるだろうか。少なくとも、雪麗の国ではない。

文化の違いとでもいうのだろうか、あまりの認識の違いに雪麗の目の前は真っ白になり、どうやって自分の部屋に戻ったのかもわからなかった。

整えられた寝台の上に、身を横たえる。その間にも不安が全身を走り、ぞくぞくとする体を自分で抱きしめながら、震えていた。

「……あ、……」

とんとん、と扉が鳴った。雪麗は、はっとして起きあがる。自分を魔女だと糾弾《きゅうだん》しに来たのだろうか。女妖——魔女と断じられてしまった女がどのような扱いを受けるのかはわからないけれど、少なくとも厚遇を受けるということはないだろう。追い出されでもしたら、雪麗には行き場がない。故国は遠い遠い海の向こうだし、この地に雪麗の力になってくれるような人物はいない——ヒューバート以外。

（ヒューバートさまは……、どう思っていらっしゃるのかしら）

寝台の上で、雪麗は脳裏を貫いた考えにぞっとした。

（ヒューバートさまにまで、魔女だと思われていたら……）

背中に、冷たいものが走る。

（いいえ、あの人がどんなことを考えているかわからないもの。召使いたちに、わたしが魔女だと思い込ませているのかもしれない……）

そう思うと、背筋を走る感覚はますます大きくなった。ヒューバートはまだまだ雪麗には恐ろしい相手ではあるけれど、仮にも夫である。夫に魔女扱いされるのはなによりも辛《つら》い。心が通じ合っているとは言いがたいけれど、夫たるヒューバートに見捨てられては、雪麗の居場所はますますなくなってしまう。

(ヒューバートさま、ヒューバートさま……!)

彼のことを、これほど真剣に思ったことは初めてかもしれない。たとえそれが自分の居場所を失うという恐怖からであったとしても、雪麗がこれほどヒューバートを頼ったのは、今までなかっただろう。

扉が、再び鳴った。雪麗は恐怖を抑えて、ゆっくりと起きあがる。誰、と問うと低い声で返事があった。

ゆっくりと、扉を開いた。そこにいたのはヒューバートで、雪麗は心の底から驚くとともに、奇妙にほっとしたのだ。

それは、ヒューバートがいつもどおりの表情を崩していなかったからだろう。朝会った雪麗に「おはよう」と言うときと同じ顔をしていて、それは少しだけ雪麗を安堵させた。

「ヒューバートさま……」

ヒューバートは、すがめた目で雪麗を見ている。彼も、雪麗を魔女だと思っているのだろうか。魔女であるがゆえに怪しげな技を使い、人心を惑わせていると思っているのだろうか。

なにも言わずに、ヒューバートは部屋に入ってきた。どきどきと心臓を高鳴らせる雪麗の前を歩いて、部屋の隅にある天鵞絨《ビロード》張りの椅子に座り、脚を組んで雪麗を見た。

「あの……、ヒューバートさま……」

「おまえが魔女だという話が、まことしやかに伝わっている」

びくん、と雪麗は震えた。視線をうつむけて、ぎゅっと唇を嚙《か》む。

「本当なのか？」

ヒューバートは、淡々とそう尋ねた。まさかそのように尋ねられるとは思わず、雪麗は思わず大きく目を見開く。

「ヒューバートさまは……本当だとは思っていらっしゃらないのですか？」

「私は、この目で見たことしか信じない」

冷たい口調で、ヒューバートは言った。そんな彼の、淡々とした口調がいつもは恐ろしいのに、このたびばかりは心強く感じられた。

「おまえは、メイドの病気を治したそうだな」

「ええ……外風の気がありましたので、それを取り除く薬を与えました」

「そして、そのメイドは元気になったのだろう？」

「ほかに伝染ることもなく、元気になっているようです」

「私も、そう聞いている」

足を組み替えて、ヒューバートは言葉を続ける。

「おまえが薬を与えて、メイドは元気になった。ここに、おまえが魔女であることを証明する事実はなにもない」

彼の言葉に、雪麗はなんと答えていいものかわからなかった。召使いたちも、カルヴィンも、雪麗に怪しむ視線しか向けてこなかった。そんな中、口調は厳しいもののヒューバートの言うことは雪麗の想像を超えていて、ただ驚くしかなかったのだ。

「でも……わたしは、魔女だって……屋敷の者が、皆そう信じていて」

「皆が信じるからと言って、私もが信じなくてはいけない理由はない」

ヒューバートは、さもあたりまえのことであるかのように言った。そんな彼を前に、雪麗はいまだに信じられない。

「ヒューバートさまは……、わたしを、信じてくださるのですか」

「おまえを信じているわけではない」

言っただろう、とヒューバートは言った。

「私は、私の見たものしか信じない。おまえが目の前で怪しげな薬でも練り始めれば信じもするだろうが、どうやらそんな様子もないらしいしな」

「わたしの作る薬は、怪しげなものではありませんわ！」

声を張りあげて、雪麗は言った。

「皆、師に教わって作ったものばかりですわ。わたしの師は、外国にも名を知られている立派なかたで、国の内外に弟子がいますの！」

「ああ、わかったわかった」

ヒューバートは、手をひらひらとさせて雪麗の言葉を遮った。

「おまえを疑っているわけではない。言っただろう、私は見たものしか信じない。おまえは、おまえのやりかたであのメイドを癒やした。あのメイドは、今は元気だ。それが、私の見たことだ」

丁寧に言葉を綴《つづ》るヒューバートに、雪麗の心はだんだんと落ち着いていく。カルヴィンに魔女と呼ばれていると聞かされたときのような混乱はなりを潜《ひそ》め、心臓の鼓動も通常のものに戻っていることに気がつく。

「おまえは、肺の病にも対応できるのか？」

「え……？」

雪麗は、思わず問い返す。ヒューバートのまなざしは真剣で、彼に近い人に肺を患っている者があるのだろうと思われた。

「肺の病と申しましても、いろいろございます」

慎重に、雪麗は言った。

「肺は、臓器の中でも陰の性質を持っています。ですが、体の上肢にあり、上肢は陽の気を持ちます。同じ臓でも、陰の性質を持ち陰である下肢にある腎の臓などよりは、陽に近いといえます」

雪麗の説明を、ヒューバートは眉をひそめて聞いていた。最後まで口を挟むことはなかったものの、彼の眉間の皺は消えなかった。

「あの……わたしの説明、わかりにくいでしょうか？」

「私たちの考えている、体の構造の理解とは違うな」

考え深げに、ヒューバートは言った。

「しかし、陰だの陽だの……聞く価値はある。私の知らないことばかりだ」

「わたしがお教えできることがあれば、なんでもお話しいたしますわ！」

張りきって、雪麗は答えた。晴れやかな雪麗の表情とは裏腹に、ヒューバートの顔つきは沈んでいる。

「あの……」

そんな彼の目を、雪麗は覗き込む。ヒューバートはなにかを隠そうとするかのように目を逸らしたけれど、彼の心の中になにかがあることに気づけないほど雪麗は鈍感ではなかった。

「誰か……胸を病んでいらっしゃるかたがおいでですの？」

「ああ、父がな」

淡々と、ヒューバートは言った。

「まだ隠居する歳《とし》でもないのに、今の時期ロンドンにいないのはなぜだと思う？　胸を病んで、空気のきれいな地方に住んでいるんだ。こちらに帰りたがっているのだけれど、なかなかそうはいかない」

ヒューバートはため息をついた。たった一度だけ顔を見た結婚式のときも、義父のブラッドリーの顔色は悪かった。微かに緑がかっていた。あれは痺《ひ》のせいで、外邪《がいじゃ》を原因とする閉塞が原因だと雪麗は見ていた。

「胸の疾患は、きれいな空気では治りませんわ」

雪麗がそう言うと、ヒューバートは驚いた顔をした。

「いえ、治るものもあります……けれど、お義父さまの顔色は、あれは血瘀《けつお》です」

聞き慣れない言葉であったらしく、ヒューバートは険しい顔をした。雪麗は、懸命に言葉を嚙み砕いて説明をする。

「内臓の機能不全の病理的産物で、気虚《ききょ》や寒邪《かんじゃ》攻撃で血流が乱れているのです」

「それは、確かなのか？」

ヒューバートは、理解しがたいといった表情でそう尋ねてきた。

「それは……お近くで実際に目や舌を診せていただいて、それから判断することです。今、ここで断言できることではありませんけれど……」

雪麗の言葉に、ヒューバートは考え込んでいるようだ。また、彼にわからない言葉を使ってしまったかとおろおろしていると、ヒューバートはやおら口を開いた。

「近々、父上をおまえに会わせよう」

思わず、雪麗は目を見開く。手を胸の前で組んで、ヒューバートをじっと見つめた。

「本当に、その……血瘀なのかどうか、診てもらおう。おまえなら、治す方法もわかるのだろう？」

「で、でも……」

にわかに、雪麗は不安になった。

「わたしの見立てが、必ずしも正しいとは限りません。わたしには血瘀に見えましたけれど、もしかして違うかも……」

「父上は、医者に匙を投げられている。もう、空気のいいところで療養するしかないと。しかしおまえの言うとおりなら、父上にはまだ助かる見込みがあるかもしれない」

「ですが……！」

召使いの外風のときは衝動的に動いてしまった。ブラッドリーの病気も、その顔色から推定した症状を口にしてしまった。しかしそれらは出すぎたことだったかもしれない。召使いの外風はうまい具合に治ったけれど、ブラッドリーの症状は果たして雪麗の見立てたとおりなのか。風邪のように単純な病状ではないからこそ、雪麗は迷った。

「薬は、ともすれば毒になります。わたしが間違えて薬を調合して……万が一のことがあれば」

「おまえは、ひと目見ただけで父上の病状を見抜いたのだろう？」

ヒューバートは諦めなかった。なおも、雪麗に迫ってくる。

「近々、おまえには父上のもとに行ってもらう。おまえは、国からたくさん薬を持ってきたな。あの中に、父上を助けるものがあるのだろう？」

「それは……、わかりません。生薬は、何千何万……何種類に至るのか、わたしなどにはわかりません。それをすべて持っていくなんて、無理ですわ」

「しかし、症状を軽くするくらいはやってのけるだろう？　父上に、少しでもよくなっていただきたいのだ」

ヒューバートは、真剣だった。これ以上雪麗は逃げることができない。彼が父親のブラッドリーを思う気持ちが伝わってくるから、なおさらだ。

雪麗は、息を呑んだ。胸に手を置き、深く息をつく。

「……わかりましたわ」

覚悟を決めた雪麗の言葉に、ヒューバートは顔を輝かせた。いつも難しい顔をして、笑顔のひとつも見せない彼がそのような表情をするとは、まったく意外だった。

「わたしに、どこまでできるかわかりませんけれど……精いっぱい、尽くしますわ。お義父さまの病が、少しでもよくなるように」

「そう言ってくれるとは、嬉しいことだ」

ヒューバートは、笑ったのかもしれなかった。それはとても笑顔には見えなかったけれど、少なくともいつもの仏頂面ではなかった。

ほかの者たちとは違って、ヒューバートは雪麗を魔女などとは思っていない。それどころか、父親の病気を託してくれる。

カルヴィン以外ろくに話す相手もなく、寂しい時間を過ごしていた雪麗にとってそれはなによりも嬉しいことであり、胸に湧《わ》きあがる、彼へ尽くしたいという思いは、夫への愛と言っていいのかもしれないと思った。

雪麗は、ヒューバートを見やった。その顔に浮かんでいるのは相変わらず笑顔とは遠いものだったけれど、もう雪麗に恐れはなかった。それどころか、ヒューバートとの時間がもっと欲しいと思った。心の中にあるものを話し合える、そんな時間があればいいと思った。

「お義父さまのところには、いつごろまいりますの？」

雪麗がそう言うと、ヒューバートの顔は難しいものに変わってしまった。

「今すぐにでも、連れていきたい」

呻くように、ヒューバートは言った。

「しかし、そうもいかない。今日も今から、協議三昧《ざんまい》だ。父上の代わりにやらなくてはならない仕事は、山のようにある」

その内容は雪麗にはわからなかったけれど、それだけの責務を肺を病んでいるブラッドリーにこなすことが無理だということはわかる。そしてますます、ブラッドリーの病のほどを診て、自分の腕で快方に向かわせることができるのならそうしたいと思うのだ。

「しかし、折を見て……おまえを待たせることはすまい。早々におまえを、父上のところに連れていく」

「はい」

力強く、雪麗はうなずいた。ヒューバートと目が合い、微笑みかけると彼は目を逸らせた。それは雪麗と目を合わせることを恥ずかしがっているかのような、目が合ってしまえばなんと返していいのかわからないとでもいうような、そんな表情だった。

(ヒューバートさまって……)

そんな彼の反応に、雪麗は思った。

(恥ずかしがり屋でいらっしゃるのかしら……?)

今までの愛想のない表情も受け答えも、すべてはそのせいなのかもしれない。そう思うと、これまで彼を恐れていたことをばかばかしく思った。彼は恐ろしい人などではない、単に自分の感情を表に出すのが苦手なだけなのだ。

(ただ、それだけのこと……)

雪麗の胸のうちには、温かいものが生まれ始めている。きっと今、脈を取れば常よりも早く跳ねているだろう。

いったい体のどこが悪くて脈が乱れるのか——雪麗は胸に手を置き、心臓がどくどくと跳ねているのを感じる。ヒューバートの顔を見ていると鼓動はますます早くなり、自分ではもう抑えられない。

「……あ」

扉が叩かれ、ヒューバートを呼ぶ声がする。そう、彼はのんびり妻の部屋で過ごしていられる身分ではなかったのだ。召使いがヒューバートを呼ぶ。彼は立ちあがり、扉のほうに歩いていったけれど、すれ違いざまに雪麗の肩を軽く叩いた。

（ヒューバートさま）

心が通じ合ったような気がして、彼のさりげない仕草が嬉しくて。雪麗は微笑んだ。自分でも、このような笑みを浮かべたのは結婚して以来初めてであったかのような気がしていた。

□

ヒューバートが、雪麗の部屋を訪ねてくるなど、今までに何回あっただろうか。以前、脚を怪我した雪麗を労って訪問してくれたときのことを思い出して、雪麗は顔が赤くならないようにするのに必死だった。

「この間の話だが」

ヒューバートは、椅子に座るのももどかしいというように話を切り出した。彼がそのように、口早に話すのを見るのも初めてだった。そもそもヒューバートと近しく話をすることなど、今までにはなかったことなのだけれど。

「父上が、なんとかいう症状に冒されているといったな？　私は、今すぐおまえを父上のところにまで連れてはいけない……しかし、薬を送るくらいは可能なのではないか？」

「ですが……、薬といっても、たくさんあります」

部屋の隅に置いてある、薬箱をちらりと横目で見ながら、雪麗は言った。

「前にも申しあげたように、薬は毒にもなります。ご本人の症状を直接見ずに薬だけというのは、害につながる恐れもあります」

「しかし、せめて……症状を和らげるものはないのか」

いらだったように、ヒューバートは言った。

「病が治るものでなくてもいい、せめて、少しでも楽になるものを」

「それは……」

雪麗は、言い淀《よど》んだ。

「お義父さまの症状は、そんなに悪くていらっしゃいますの？」

「血を吐いたらしい」

ヒューバートが淡々とそう言ったので、雪麗は最初、意味がわからなかった。その意味が脳裏に伝わったのは、しばらく経ってからだった。

「おまえの薬の中には、せめて父上の吐血を止めるものはないのか。一時的にでも、父上のお辛さを取り除いて差しあげるなにかが……」

ヒューバートの、ブラッドリーを思う気持ちが身に沁みた。最初は冷たいばかりだと思っていたヒューバートが、雪麗を魔女などとは思ってはいないこと、そしてブラッドリーの危機に自分を頼りにしてくれること。そのことに雪麗の胸は温かくなった。

「あ、……それ、では……」

しかし、情感に浸《ひた》っている場合ではない。雪麗は頭を巡らせた。患者が目の前におらず、しかしその患者は胸を病み吐血したという。そのような症状を聞くだけだけれど、そんな彼に与えられる薬は、なんだろう。

雪麗は、部屋の隅の薬箱に駆け寄った。病態に応じた薬味は甘く、病の症状や勢いに対応する薬性は平たく、肺の鎮静に効く薬。

「雪麗、心当たりがあるのか」

「ええ……冬虫夏草《とうちゆうかそう》です」

ヒューバートは、訝しげな顔をしている、

「きのこの一種で、肺と腎陽《じんよう》に滋養を与えるとともに、陰にも滋養を与えるので、長期的な服用も可能なんですの」

「そうなのか……」

ヒューバートは、わかったようなわからないような顔をしている。

「とりあえず、症状を治めるのならこちらを。劇的な効果はありませんけれど、ひとまずの症状を治める効能はあります」

長細い昆虫のような姿をした冬虫夏草を、ヒューバートは気味悪そうに手にした。

「これを、どうするのだ？」

「煎じて飲むのですわ。少なくとも、血を吐くような症状は治まるはずです」

「それならば、いいのだが……」

ヒューバートは、なおも気味悪そうな顔で冬虫夏草を見ている。無理もないだろう、雪麗は少し笑った。

「少しは、症状が治まるはずです。すぐにでも届けさせて……」

「ヒューバートさま！」

そこに、鋭い声がかかった。ふたりは同時にそちらを見る、そこに立っていたのは黒いフロックコートを着た召使いで、恐ろしいものを見たかのように口を震わせている。

「そんな、魔……の……毒薬を、ブラッドリーさまのお口にお入れになるつもりですか」

どきり、と雪麗の胸が鳴った。そう、自分は魔女で、雪麗の大切な薬は魔女の使う毒だと思われているのだ。

「マイルズ。雪麗の薬が、マーガレットを治したことはわかっているだろう?」

「あれは、ただの風邪です。寝ていれば治ります。雪麗さまの怪しげな薬など、関係ありません!」

「マイルズ!」

ヒューバートの厳しい声に、マイルズと呼ばれた召使いは黙った。しかしその黒い瞳はじっと雪麗を睨んでいて、雪麗が魔女であると疑いもしていないようだ。

「私は反対です、ヒューバートさま」

頑なに、マイルズは言った。

「そのように、気味の悪いもの……ブラッドリーさまのお口に入れると考えただけで、ぞっとします」

「おまえは、私の妻を信じないのか」

いらだった口調で、ヒューバートは言った。

「雪麗が、父上を毒殺してなんの得がある。外国でひとり、さまようことになるだけではないか」

「魔女は、悪魔に仕える生きものです」

マイルズは、疑いなど一片も抱いていない口調でそう言った。

「悪魔の指示によって、人間に害をなすのです。人間界で生きることなど、容易《たやす》いこと。魔女は、ブラッドリーさまもヒューバートさまも、カルヴィンさまも喰《く》い尽くしたあと、悪魔のもとに戻るのでしょう」

「おまえ……」

ヒューバートは、呆れて口が利けないようだ。雪麗はというと、どうしていいものかわからない。冬虫夏草など、どう飲んでも人の体に害になるものではない。しかし万が一ということもある。そのことを懸念すると、マイルズの心配も——見当違いとはいえ——まったく無為の心配というわけでもないのだ。

「ヒューバートさまも、ブラッドリーさまのことをお思いなら、魔女の言うことなど聞いてはいけません。その者は……悪魔と交わる、魔女ですぞ？」

「おまえは、雪麗が悪魔と交わるところを見たのか」

淡々とした口調で、ヒューバートが言った。

「おまえは、この家の管理を一手に引き受けているだろう？　そんなおまえが、見たのか？雪麗が、私以外の誰かと交わるところを」

「そ、それは……」

聞いている雪麗も、真っ赤になった。ヒューバートはなにを言わせたいのだろう。マイルズもたじたじとなって、ヒューバートをまともに見られないようだ。

「雪麗が、ひとりで出かけるのを許したのか？　それとも、悪魔が入ってくるのを見逃したのか？　いずれにせよ、許されることではないな」

マイルズは、気の毒なくらいにたじろいでしまった。雪麗が口を挟もうとすると、ヒューバートはそれを咎《とが》めるように睨みつけてくる。

「です、が……」

あがくように、マイルズが言った。

「この屋敷の者は、皆信じております。雪麗さまは異国から来た魔女で、怪しげな薬を使って人間を操るのだと……」

「風邪を治してもらったメイドは、どうした」

ヒューバートが言うと、マイルズはむっとした顔をした。

「……マーガレットだけは、雪麗さまは魔女などではないと。そのせいで、メイド仲間からはつまはじきにされております」

「まぁ、そんな……」

それは、そのマーガレットというメイドにも申し訳ないことだ。自分が魔女などではない、きちんと中医学を学んだ者であることを示さないとマーガレットまでが魔女扱いされてしまうかもしれない。しかし、いったいどうすれば。

雪麗は、ヒューバートを見た。彼の目もとは少し赤く染まっていて、マイルズの言葉に怒っているというのがわかる。

雪麗が魔女などではないと信じてくれているヒューバートだ。それだけで雪麗の心は安らぐけれど、しかし館中の者の心を動かすことはできない。雪麗に頑張れることがあるとしたら医学の知識しかなくて、それが館の者の懸念を誘っているのだとしたら、雪麗にはできることがなにもない。むしろ、動けば動くほど自分の立場も、ヒューバートの立場も危うくしてしまうのだ。

(いったい、どうしたら……)

胸の前で手を組み、おろおろと雪麗はヒューバートを見る。彼は厳しい顔をしていて、雪麗と同じく、家の中で起こっている騒ぎをいかにして治めようか、判断しかねているといった表情だ。

(いっそ……わたしがいなければ)

そんな考えが、ふと脳裏をよぎった。しかし雪麗は、この国と自国の交流のために結婚してこの国にやってきたのだ。そう簡単に家を出られるはずもなく、いなくなってしまうことなどできるはずもない。

(それに……家を出ては、ヒューバートさまに会えなくなってしまう)

己の胸によぎった考えに驚いた。難しい顔をしているヒューバートを見て、自分の中にいつの間にそのような思いが宿っていたのかと思う。

（わたしは……、ヒューバートさまを、お慕いしている？）

必要なこと以外、なにも話さない彼。いつも眉間に皺を作って、なにを考えているのか理解できない彼。それでも雪麗はいつの間にか彼に惹《ひ》かれていて、離れたくないと願っているのだ。

（いつの間に……？）

雪麗のそんな考えは、突然飛び込んできた声に破られた。扉を叩くこともしないで入ってきたのは男の召使いで、はぁはぁと肩で息をしている。

「なんだ、不作法だぞ」

そう言ったのは、マイルズだった。仮にも女主人の部屋に飛び込んでくるなんて、マイルズでなくても眉をひそめるだろう。

「申し訳ありません、ですが……」

「なんだ」

そう言ったのは、ヒューバートだった。雪麗やマイルズのみならず、ヒューバートまでいることに驚いたのか召使いは目を丸くした。

「あの、ポールが……！」

雪麗は首を傾げたけれど、マイルズは驚いた顔をした。

「ポールが、どうした」

「台所で、吐いて吐いて大変なんです。なにか腐ったものでも食べたのかもしれませんが、とにかく、ひどい症状で」

「吐いて……？」

雪麗は、とっさに頭を巡らせた。吐くという症状には、確かに異物を食べて起こる場合もあるが、ポールという召使いの症状は、それだけではないように思えた。肝臓の気が過剰になって、胃を攻撃するために起こる神経性の嘔吐《おうと》もある。ポールの嘔吐がいずれなのか、処置を間違っては症状が悪化しかねない。

「そのような話を、ヒューバートさまと雪麗さまに聞かせるんじゃない！」

マイルズが怒っている。しかし雪麗は、ポールの容態が気になってそれどころではない。

「あなた……わたしを、その、ポールのところに連れていって！」

「え、ですが……」

「大変なんでしょう？　きっと、相当苦しいに違いないわ！」

雪麗は入ってきた召使いの手を取った。彼はぎょっとしたように手を振り払う。それが魔女に触れられたからだということはわかったけれど、今の雪麗はそれどころではない。

「こ、こちらです」

雪麗の勢いに押されたのか、召使いは先を取って走り始めた。雪麗も、ドレスを抓みあげて懸命に駆ける。

「ポール、ポール！」

台所が近づくにつれ、たくさんの者たちが呼ぶ声が聞こえる。その声の中で、まさにポールが苦しんでいるのだろう。

「……雪麗さま！」

雪麗に気がついたらしい召使いが、声をあげた。その場の者が皆、雪麗を見る。その表情には、構っていられなかった。床に転がって苦しんでいるのがポールだろうし、腹の押さえかたを見ると、雪麗の懸念したとおりただ異物を食べての嘔吐ではないようだ。

「ごめんなさい、通してちょうだい！」

床は汚物だらけだったけれど、それに構っている暇はない。ポールの手首の内側を、雪麗は弧を描くように押した。続けて、みぞおちを。吐き気の経穴として一般的なそれらを押しても、ポールの容態が改善したようには思えない。

（やっぱり。肝気盛《かんきせい》だわ……！）

雪麗は指をすべらせて、足の指の付け根と、アキレス腱《けん》を抓んだ。突き、押す動きを繰り返すと、ポールの息づかいがだんだんと緩やかになっていくのがわかる。

「楽になった？」

青い顔をしているポールにそう尋ねると、彼は声には出さず、こくこくとうなずいた。顔はひどい状態だけれど、苦しみは薄らいだようだ。

「もう、苦しくない？　大丈夫かしら？」

「雪麗さま、お召しものが」

声をかけてきたのは、女の召使いだった。そこで初めて、自分のドレスが汚れていることに気がついた。

「あの、ポール」

立ちあがりながら、雪麗はポールに声をかけた。

「あとで、薬をよこすわ。それを飲んで横になっていれば、すっかり治るはずよ」

雪麗の言葉に、ポールはびくっと震えてみせた。なぜそんな反応をするのだろうと眉をひそめた雪麗は、今になって思い出したのだ。

(わたしは……魔女だったんだわ)

思わず、雪麗は後ずさりする。まわりの者が、気味が悪いといった表情で雪麗を見ているのは、なにもドレスが汚れているからだけではないだろう。

(魔女に、治療をされても……ましてや薬なんて、気味が悪いだけだわ)

先ほどまで、ヒューバートとまさにその話をしていたのに。病人が出たと聞いて、黙っていられないのは性分か。そんな自分を反省しながら、雪麗は台所から出ていった。

「あの、雪麗さま。お召しものを」

気を遣ってくれる召使いがいるのは嬉しかった。部屋に戻ると、ヒューバートもマイルズももうおらず、ひどい格好を見られずに済んだのはよかったけれど、雪麗の心は沈んでいた。

（わたし、よけいなことをしてしまった）

そのことを思うと、ますます気分が落ち込んでしまう。着替えさせてもらいながらも雪麗は顔をあげることができず、思わずうつむいて唇を噛んでいた。

（自分から……魔女だって、宣伝するようなことを）

しかし、苦しんでいる人がいると聞いて、黙っていられるだろうか。苦しんでいる人を治療する方法を知っているのに、見逃すことなどできるはずがない。

（ヒューバートさまは……どうお思いになったかしら）

清潔なドレスに着替えた雪麗が、まず思ったのはそのことだった。

（かばってくださったけれど……でもやはり、わたしは魔女だと思われたかしら。嫌われてしまったかしら）

そう思うと、胸の奥が苦しくなる。胸に手を置いて唇を噛み、椅子に腰を下ろした。柔らかい椅子の座り心地は少しだけ雪麗を慰めてくれたけれど、胸の痛みは薄らがなかった。

（それでも、苦しんでいる人がいるのになにもしないなんてことはできないわ）

薬箱から必要な生薬を取り出し、煎じてポールに飲ませるように召使いに言いつける。ポールが飲むかどうかはわからなかったけれど、雪麗にできることはそれしかない。

召使いが、温かい茶を渡してくれた。できるだけ雪麗に近づかないようにしているのがわかる。それを責める気にもなれなくて、雪麗は素直に茶を受け取った。

立ちのぼる香りは、国で馴染んできたものとは違う。蜜や乳を入れる習慣には、まだ慣れない。雪麗がこの国の習慣に慣れないように、この屋敷の者たちも、雪麗のやりかたに慣れないのだ。挙げ句に魔女とは——考えるとますます気が滅入《めい》ってきて、そんな心をごまかそうと、雪麗は舌に馴染まない甘い茶を啜った。

□

朝目覚めて、朝食を摂って。英語の読み書きにダンス、歌にピアノ、詩、刺繍《ししゅう》、絵画のレッスン。毎日の生活の中、雪麗は故国から持ってきた薬箱に触れなかった。

魔女と呼ばれるのは本意ではない。雪麗にとっては日常でしかない医療の知識が魔女と呼ばれる原因になるのなら、薬箱には手を触れるべきではない。そう思ったのだ。

「あら……？」

雪麗は首を傾げた。薬箱の取っ手が浮いている。誰かが触れなければ、このようにはならない。この薬箱に触れるのは、雪麗だけのはずなのに。

「あなた、これに触った？」

黒髪の召使いに尋ねると、彼女はとんでもないとでもいうように首を振った。そのようなもの、触れるのも恐ろしいとでもいうようだ。

「掃除でもしてくれたのかしら？　誰か、触れた者があるかどうか確かめてくれない？」

これは薬箱ではあるけれど、薬の中には使いかたを誤れば毒になるものもある。興味半分で触れたのかもしれないけれど、うっかり毒の効果が現れるようなことがあれば取り返しのつかないことになる。

「かしこまりました」

黒髪の召使いは、顔を強ばらせてそう言った。雪麗の意図が伝わったからかもしれないし『魔女』たる雪麗の指示を受け入れないことに恐怖を覚えているのかもしれない。

召使いが出ていったあと、雪麗は薬箱の中身を調べていた。

取っ手が浮いていたのは、牛黄解毒片《ごおうげどくへん》の入っていた抽斗だ。食欲不振や発熱に効果のある薬だけれど、微量の砒素《ひそ》が入っている。大量に服用すると危険だ。明らかに中身が減っている。

(この中身に手をつけた誰かが……迂闊《うかつ》に飲んでなければいいのだけれど)

雪麗の胸が、不安に揺れる。誰にでも触れられる場所に置いておいたことが悪いのかもしれないけれど、隠しておく場所などあるわけがない。

(なにも……大変なことが起きませんように)

しかし、雪麗の願いは叶《かな》わなかった。先ほどの黒髪の侍女が、息せき切って再び部屋に現れたのだ。

「お医者さまが、来ていらっしゃいます」

どきりと、雪麗の胸が鳴った。牛黄解毒片を飲んだ誰かが倒れたのか。それで医者が呼ばれたのか――。

「連れていってちょうだい！　いったい誰が倒れたの!?」

「マーカスです。ヒューバートさまの、お部屋係の……」

召使いのひとりだ。雪麗も顔を知っている。彼なら雪麗の部屋に入って掃除や整理をすることもあるだろう。そんな中、薬箱に興味を持ったのかもしれない。魔女の持ちものに触れるなんて大胆不敵というところだけれど、好奇心というものは誰にでもあるものだ。

「お医者さまが来ていらっしゃるなら……牛黄解毒片を飲んだかもしれないことをお伝えしなくては」

雪麗は、スカートを翻した。

「マーカスは、今どこにいるの？」

「使用人部屋です」

黒髪の侍女は、不安そうにそう言った。

「朝食を摂ってから、調子が悪いと……部屋で寝ているところ、苦しみ始めたらしいのです」

最後まで聞かないうちに、雪麗は走りだした。使用人部屋が並んでいる棟までは少しある。ヒールの靴を履いた足が痛み始めたころ、人が集まりざわついている部屋が目に入った。

「雪麗さま……」

ひとりの召使いが、雪麗に気づいて声をあげた。まわりの者たちも驚いたような顔をする。皆が道を開け、雪麗は部屋に入ることができた。

部屋の奥では、寝台に横になっている男がいた。その脇にはフロックコートをまとった男と黒いドレスの女が立っていて、彼らが医者と看護婦であることがわかった。

「あの、……、お医者さま！」

雪麗が声をあげると、彼らが振り向いた。しかし寝台の上の男は、雪麗に目を向けることもできないようだ。

「その者は……牛黄解毒片を飲んだものと思われます」

そう言うと、彼らは首を傾げた。雪麗は慌てて、言葉を続けた。

「わたしの国の薬です……内熱の症状に効いて……清熱《せいねつ》解毒の薬剤です」

「その薬のことは、知りませんが」

医者は、訝しげにそう言った。

「薬を飲んで、なぜこのような症状が起こるのですか？」

「それは……」

雪麗は、息を呑んで言った。

「……牛黄解毒片には、少量ですが砒素が含まれているのです」

まわりがざわりとした。雪麗は固唾《かたず》を呑み、そして言葉を続ける。

「適量を服用するぶんには、問題ありません。けれど……度を過ぎると、砒素中毒の症状が現れます」

「砒素中毒か……」

なるほど、と医者はうなずいた。そして雪麗に、すがめた目を向ける。

「なぜ、あなたはそんな危険な薬を持っているのですか？」

どきり、と雪麗の胸が鳴った。医者の視線は鋭くて、まるで雪麗が人殺しのために牛黄解毒片を持っていたかのように雪麗を見たからだ。

「わたしは……、医学を嗜《たしな》んでおります」

震える声で、雪麗は言った。

「薬として、持っているのです。発熱や咽喉の痛みを抑えるために……」

「ですが……、この家の奥さまとお見受けいたしますが」

ことさらに丁寧な口調で、医者は言った。

「そんなおかたが、フットマンの面倒までごらんになるのですか？　しかも、中毒症状が出るほどの量をお与えになるとは」

「違います……！」

その場の者の突き刺さるような視線を感じながら、雪麗は声を振り絞った。

「わたしが与えたわけではありません……！　いつの間にか、なくなっていたのです！」

「では、この者が盗んだとでも？」

むやみに人を疑いたくはない。しかし雪麗の知らないうちに薬がなくなっていたことは事実であり、このマーカスが、なにを目的にしてかは知らないけれど雪麗の薬箱に触れたこともまた事実なのだろう。

「魔女……！」

鋭い声があがった。雪麗は、思わず大きく身震いする。

「魔女だ！　魔女の、薬だ！」

叫んだのは、横になっているマーカスだ。彼の声は掠れていて、体を起こすこともできないようだけれど、それでもその声ははっきりと響き渡った。

「雪麗さまのお持ちなのは、魔女の薬だ！　このとおり、俺は倒れた……魔女の薬の、毒のせいに違いない！」

彼の声は聞き取りづらかったけれど、言ったことはその場の誰の耳にも過《あやま》たず届いたはずだ。雪麗は体を強ばらせてマーカスを見た。彼の青い瞳は、敵意を持って雪麗を睨んでいる。

「魔女……」

複数の者たちが、ささやき合う。雪麗が魔女などではないことは、ヒューバートの言葉が否定してくれたのに。その言葉は、いまだ召使いたちの心にまでは沁みとおってはいないらしい。義父のブラッドリーがこの館にいない今、ヒューバートの言うことは絶対であるはずなのに、身をもってしてまで雪麗が魔女だと言い張りたい者がいるのだ。

「やはり、雪麗さまは魔女……」

「毒をお持ちなんて、いつ何時《なんどき》、ヒューバートさまを狙《ねら》われるか……」

「そんな！」

耳に入った言葉に、雪麗は声をあげた。誰が言ったのかはわからない、しかし聞き捨てならない発言を耳に、叫ばずにはいられなかった。

「なんてことを言うの……わたしが、ヒューバートさまを狙うなんて！」

雪麗の叫びに、その場の者たちが皆彼女を見た。非難するような視線にたじろぎながら、雪麗はなおも声をあげる。

「そのようなこと……あるはずがないわ！　どうして、わたしがそのようなことを！」

ひそひそと、話し交わす声が聞こえる。それらの言葉ははっきりとは聞こえなかったけれど、雪麗を疑うものであるということは考えずともわかる。

「牛黄解毒片は薬だわ……、本当よ。それに、わたしが……飲ませたわけじゃない」

しかし雪麗が声をあげればあげるほど、まわりの者の疑いは深まっていくばかりであるようだ。雪麗についてきた召使いたちも、気味悪そうに雪麗を遠巻きにしている。

医者たちは、マーカスが砒素に冒されたのだと知って処置をはじめている。彼らに指示されて召使いたちが忙しく働き、その中で雪麗は啞然と立ち尽くすしかなかった。

(女妖……魔女だなんて。違うのに。そんなわけ、ないのに)

どうすれば、疑いは晴れるのだろう。魔女などではないと、どうすれば信じてもらえるのだろう。あの薬箱を捨てればいいのか——しかしあれは、故国の思い出といってもいい。雪麗が故郷を、家族を偲《しの》ぶよすがなのだ。さらには、このたびはわずかに含まれた砒素が害を生んだけれど、本来は薬だ。役に立つものなのだ。

(ヒューバートさま……)

今は昼間で、ヒューバートは屋敷にいない。雪麗を信じてくれて、相談できる相手がいないことがこれほどに不安だなんて。

「義姉さま」

声がかかって、振り返った。そこにいたのはカルヴィンで、兄よりも暗い金髪に青い瞳は、雪麗を少し安堵させてくれた。

「お部屋にお戻りください。ここは、奥方さまのいらっしゃる場所ではございません」

「そう、ね……」

カルヴィンは手を差し出してきて、雪麗はその上に自分の手を載せる。自分を魔女だと罵《ののし》った召使いの様子を横目に見ながら、雪麗は使用人部屋を出た。

「今日は、エクランドさまのお屋敷での舞踏会でしょう。そのようなお顔をされていては、皆に心配されますよ」

「ええ……」

そうは言われても、すぐに笑顔など作れるわけはない。雪麗は唇の端を持ちあげたけれど、きっと引き攣った笑みになっていただろう。それはカルヴィンの表情を見ていてもわかった。

「今日のドレスは、どれになさるのかお考えですか？　何色になさるのですか？」

「淡い……赤がいいと。ユニスが」

衣装係の召使いの名を挙げると、それはいいとカルヴィンは言った。

「義姉さまの、黒髪にお似合いでしょう。ぜひとも、赤いドレスの義姉さまのお手を取りたかった」

カルヴィンは、心底残念そうにそう言う。雪麗はなんと返していいかわからずに視線を泳がせ、そんな雪麗にカルヴィンは笑った。

「兄さまが羨《うらや》ましいですよ。こんな素敵な奥方を持って」

「……魔女、なのに？」

思わずつぶやいた雪麗に、カルヴィンは目を見開いた。髪の色は兄よりも濃いけれど、瞳の色はヒューバートと同じで、その色合いに胸の高鳴りと同時に安堵を覚える。

「メイドやフットマンの言うことを、真に受けてはいけませんよ。正直……僕も、義姉さまのお持ちの薬のことはわかりません。ですが、義姉さまが魔女だなんて。そのようなこと、思ってもおりません」

口にするだけでもおぞましいというように、カルヴィンは口早に言った。

「ですから、義姉さまもお気になさらず。どうぞ、笑顔を見せてください」

雪麗はうなずいた。彼の言うように笑顔にはなれなかったけれど、精いっぱい明るい表情を見せようとした。

「髪型は、どのようになさるのですか？　リボンも赤で？」

「ええ、そうですわね。そう考えています」

話題を逸らしてくれるカルヴィンに感謝しながら、雪麗は努めてリボンの色を考えようとした。舞踏会の前の着替えでは、またコルセットをきつくきつく締められるのだろう。それを思って思わず眉をひそめると、カルヴィンがまた心配そうな顔をした。

「義姉さま？」

「いえ……コルセットのことを、思って」

素直にそう言って、女性の下着の話などするのではなかったと後悔した。この国では、女性はコルセットなどつけていない、体を矯正《きょうせい》するものなどなくてもこのスタイルを保っているのだというふりをしなくてはいけないのだ。

「ああ……あれは、苦しいでしょうね」

同情するように、カルヴィンは言った。

「僕たちには、わからない苦しみですが。女性は、なぜそうやってご自分を痛めつけるのでしょうか？」

カルヴィンは、心底不思議らしい。雪麗はきょとんとした。隠すべきことではあるとはいえ、女性が密かにこのような苦労をしている理由をカルヴィンは——男性は知らないのだ。

「男のかたには、おわかりにならない理由ですわ」

つい、言葉が突《つ》っ慳貪《けんどん》になってしまった。今度はカルヴィンがきょとんとしていて、雪麗は自分の言葉が皮肉に取られていないことにほっとした。

雪麗は部屋に入り、カルヴィンはその場を辞した。部屋には、朝見せてもらった薄赤いシフォンが幾重にも重なったドレスがつるしてあって、それを雪麗はじっと見た。

「お気に召しませんか？」

尋ねてきたのは、ユニスだ。心配そうな顔をしている彼女に雪麗は微笑みかける。

「そんなわけないわ。あなたたちが選んでくれたものでしょう？　わたしのために選んでくれたものを気に入らないなんて、あるはずないわ」

ユニスは、ほっとしたような顔をした。召使いたちの冷たい視線に晒されていた雪麗にもユニスの表情は安堵できるもので、ささくれ立った心が少し和らいだように感じた。

コルセットを締め直され、淡い赤のシフォンのドレスを着せつけられて雪麗が息をついたとき、聞かされたのはヒューバートの不在だった。

「先ほどお電話が入りました」

白髪交じりの髭《ひげ》が印象的な執事が、そう言った。

「今日は、こちらにお戻りになれないそうです。舞踏会にもご出席になれないようで」

「わたし……ひとりで行くの？」

とんでもない、と執事が慌てた顔をした。

「カルヴィンさまがご一緒なさいます。淑女《レディ》が、ひとりで舞踏会においでになるなんて、あり得ません」

「そう……、カルヴィンさまが」

カルヴィンの同行に問題があるわけではない。それどころか兄と違って愛想のいい彼は、雪麗をヒューバート以上に上手にエスコートしてくれるだろう。

（それなのに……心が晴れないのは、なぜ？）

雪麗の腕を取るのは、ヒューバートであってほしい。手を引いて腰を支えて、踊ってくれるのはヒューバートがいい。

（なんなのかしら……この、思いは）

召使いに手を取られ、高いヒールの靴で廊下を歩きながら、雪麗は胸を押さえた。

（お相手は、ヒューバートさまでなくてはいやだということなのかしら。わたしは……ヒューバートさまを、そこまでお慕いしているということなのかしら）

そう思うと、体中がかっと熱くなるような心持ちがした。そんな自分の心を誰にも悟られないようにと胸に手を置いて歩いていくと、その先には黒の正装のカルヴィンが立っていてこちらを見て微笑んだ。

「義姉さま、本日は僕がお相手をさせていただきます」

「ヒューバートさまのご用って、なんなのですか？」

さりげなく腕を取られながら、雪麗は訪ねた。カルヴィンは眉をひそめる。

「仕事上のことですよ。義姉さまは、お気になさる必要はありません」

カルヴィンの言うように、仕事のことなら話を聞いてもわからない。しかし自分が除け者《の　もの》になったような気になって、気が沈んだ。

「そのようなお顔を、なさらないで」

カルヴィンは、明るい声で言った。

「僕も、兄さまに負けず劣らずリードして差しあげますよ。義姉さまを、よりうつくしく踊らせて差しあげます」

「ええ……期待しておりますわ」

ふたりは手を取り合って、玄関を出た。そこには馬車が用意されていて雪麗は慎重に乗り込んだ。雪麗の隣にカルヴィンが座り、雪麗の手を取ったまま、いろいろと話しかけてくる。

そのいずれも、雪麗の頭には入らなかった。雪麗の頭は自分が魔女である、牛黄解毒片に含まれた砒素を使って召使いを殺そうとしたと思われていることでいっぱいで、動揺に揺れてカルヴィンの話どころではなかったのだ。

「義姉さま？」

「え……、あら、ごめんなさい」

呼びかけられ雪麗は、はっとした。カルヴィンの顔を見ると彼は笑顔の中に少し怒りを孕《はら》ませて雪麗を見ていて、にわかに申し訳ない気持ちになった。

「あの、わたし……」

がたん、と馬車が揺れて、停まった。つり紐を摑むのが間に合わなくて雪麗は転びかけ、カルヴィンが腰を支えてくれる。

「ありがとうございます……」

いいえ、とカルヴィンは微笑み、雪麗を立たせてくれた。彼にリードされて馬車を降りると、目の前にそびえているのは自宅よりも豪奢《ごうしゃ》に飾られた白亜の建てもので、雪麗は圧倒されて目を見開いた。

「まぁ……、素晴らしい」

「このマカスキル公爵家は、百年以上の歴史を誇る家柄。ロンドンにも、郊外にもいくつも屋敷を持っている富豪です」

「そうなのですか……」

豪邸を見あげながら、雪麗はため息をついた。嫁いだ先もたいそうな豪邸だけれど、このマカスキル家には敵《かな》わない。唖然としている雪麗の手を取り、カルヴィンが先を促した。

「まいりましょう。皆さま、お待ちですよ」

はっと雪麗はカルヴィンを見て、うなずく。高いヒールとドレスの長い裾に苦戦しながら階段をのぼっていくと、召使いが頭を下げてふたりを迎える。

カルヴィンが自分たちの身分を告げると、召使いは驚いたような顔をした。その理由は、雪麗にはわからない。驚いただけではない、どこか恐怖の色が浮かんでいるのは気のせいだろうか。

(なに……?)

雪麗が召使いを見ると、彼は明らかにびくんと肩を震わせた。首を傾げる雪麗の前、かつかつとヒールの音が響いて現れた女性がいる。

「魔女!」

その女性が叫んだ言葉に、雪麗は体を震わせた。淡い黄色のドレスをまとった、雪麗と同じくらいの歳の女性が叫んでいる。

「誰が、魔女を呼んだの!? 恐ろしいこと、我が家に魔女が来るなんて!」

雪麗の全身は、凍りついた。思わず目を見開いて、雪麗の悪評を知っている女性を見る。

「追い出してちょうだい！　魔女が、我が家に来るなんて！」

「グエンダ！」

その後ろから、年嵩の女性が声をあげた。その装いからして、恐らくグエンダと呼ばれた女性の母親だろう。

「そのようなことを言うものではありません！」

「この、魔女……フットマンに毒を飲ませたというじゃないの！」

グエンダは、遮る母を振り払って言った。

「わたしは、聞かなかったふりなんかしないわよ。魔女はいるもの、目の前に！」

「そ、んな……」

今日あったことが、これほどにまで広がっているのだ。しかもグエンダは、雪麗が魔女だと信じて疑わない。その母親らしき女性はグエンダを諌《いさ》めているけれど、雪麗が魔女などではないとは言わないのだ。

「だから、外国人なんて入れてはいけないと言ったのよ！」

グエンダは、まるで駄々を捏ねる子供のように言った。

「あんな、どこから来たともしれない……しかも、魔女なんて！　魔女を招くなんて、お母さまもどうかしてらっしゃるわ！」

雪麗は思わずよろけ、その体をカルヴィンが支えた。こうやって腕をまわしてくれるのがヒューバートなら、よかったのに。自分を支える力の違いに頼りなさを覚える雪麗の耳に、馬の嘶《いなな》きが聞こえた。

「え……、っ……」

馬車が軋《きし》んで停まる音がし、誰かが駆け下りてくる。雪麗は後ろから強い力で抱きしめられて、はっと驚いてその主を見た。

「ヒューバートさま……！」

「グエンダさま。私の妻への誹謗《ひぼう》はやめていただこう」

力強い声で、ヒューバートは言った。

「誰が、魔女だとおっしゃるのですか？　聞き捨てならないことをおっしゃる」

雪麗は、自分を抱きしめるヒューバートを見た。彼の青い瞳は怒りに燃えていて、それが自分への讒謗《ざんぼう》に怒ってのものかと思うと、雪麗の傷ついた胸には温かいものが湧きあがった。

「砒素の話は、聞いております」

口調は静かに、しかし抑えきれない怒声を孕んだ口調で、ヒューバートは言う。

「あれも、あなたと同じ種類の人間だ。外国人だからといって、蔑《さげす》む。自分たちの知らない技を使うからといって、魔女扱いをする……下らない、人間だ」

「下らない、ですって……？」

グエンダは、その紫色の瞳をかっと見開いてヒューバートを見た。

「それが、もと婚約者に対する態度なの？」

「婚約者……？」

雪麗は思わず振り向き、ヒューバートを見た。彼は苦い顔をしてグエンダを見ている。グエンダは、かつてヒューバートの婚約者だったのか。しかし国同士の都合で雪麗が来ることになり、グエンダとの約束は破棄になったということか。

グエンダは、ヒステリックな声をあげた。

「あなたの妻は、魔女よ。毒を使ってフットマンを殺そうとするの……そんな女をそばに置いて、どういうつもりなの!?」

「雪麗は、私の妻だ」

ヒューバートは雪麗を抱きしめ、宣言するように言った。

「私が、魔女と人間の区別もつかないような……そんな愚かな男と思ってか？　この婚姻を決めた我が父のことも、侮っているのか？」

「そ、んな……」

グエンダはたじろいだ。その脅えた表情からは、グエンダがまだヒューバートを慕っていることがわかって、雪麗の胸には哀切の思いが湧きあがった。

「そんなわけでは、ありません……ただ私は聞いたのです。その女が怪しげな技を使ってフ

ットマンを殺そうとし……それを認めてもいないということを」

「あれは、毒薬などではない」

雪麗を抱きしめたまま、ヒューバートは言った。

「そのような、下らない噂を聞いたのでな。あれは、雪麗の持っている薬をあのフットマンが盗んで飲んだのだ。薬も、量を過ぎれば毒になる……そのくらいの知識は、あれにもあったようだな」

嘲笑《あざわら》うように、ヒューバートは言った。彼の腕の中で、雪麗はひくりと肩を震わせる。

「そして、雪麗が魔女だという噂を流した……雪麗が外国人で、自分たちの知らない薬を扱うという理由でな！」

グエンダも、その場にいた者も皆がヒューバートの言うことに心を奪われているようだった。それは雪麗も同じだった。ヒューバートがこれほど大声をあげるのは初めて見たし、それが雪麗をかばってのことなど、思ってもみなかった。

「私の妻は、魔女などではない！」

その場にいる者すべてに聞こえるような大声で、ヒューバートは言った。

「今後、そのような下らないことを言う者は、私の敵と見なす。我がベイツ家を、侮《あなど》った者としてな！」

彼に抱きしめられて、かばう言葉をかけられて。雪麗はにわかに恥ずかしくなった。しか

し雪麗がもがいても、ヒューバートは彼女を離そうとはしない。そのあとのことは、

「その覚悟があるのなら、魔女とでもなんでも好きなように言うがいい。

保証しないがな」

彼の声には逆らえない迫力があって、その場の者は皆固唾を呑んでいる。雪麗を抱きしめる腕には力が籠もり、痛いほどだ。

それだけを言い放つと、ヒューバートは雪麗の体から腕をほどき、手を取った。そして自分の乗ってきた馬車へといざなう。

「あの、ヒューバートさま……」

せっかくの招待を受けて、このような態度を取ってもいいのだろうか。邸宅に入ることもなく帰宅してしまってもいいのだろうか。

「どこへ……」

「私たちの屋敷に、帰るんだ」

強い口調で、ヒューバートは言った。

「このようなところにいるものではない。早く、戻るんだ」

強い力で腰を引かれ、雪麗は体の均衡を崩しかけた。しかしヒューバートの強い力に支えられ、そのまま馬車に乗せられる。ヒューバートが、カルヴィンに声をかけているのに気がついたけれど、なんと言っているのかは聞こえなかった。

その間も、雪麗は戸惑ったままだった。がたんがたんと馬車が動きだし、慌ててつり紐を持つ雪麗は隣のヒューバートを見やり、彼が恐ろしい顔をしていることにぞくりとした。

ヒューバートは、表情を強ばらせて雪麗の隣に座っている。その顔つきは屋敷に戻るまで変わることなく、雪麗を脅えさせた。

馬車が停まり、赤いドレスの裾を踏まないように降りる雪麗の手をヒューバートが取った。あれほど恐ろしい顔をしていたヒューバートだ、また力を込めて引っ張られるのかと思いきや、まるで壊れやすいものを扱うように手を引かれた。

「あ、の……」

「おまえを陥れようとした者の魂胆はわかっている」

厳しい表情で、ヒューバートは言った。雪麗の胸が、どきりと鳴る。

「あのグエンダと、つながっているんだ。おまえを外国人と侮って、魔女との汚名を着せて追い出そうというつもりなのだ」

「わたしを追い出して……グエンダさまが、ヒューバートさまの奥方さまに？」

「そのようなこと、考えるだけでぞっとするがな」

館の中に入っていくと、玄関を入った広間には人だかりがあった。なにごとかと思えば、中央には召使いのマーカスが後ろ手に縛られている。

「まぁ……、なんということ」

雪麗は思わず駆け寄った。雪麗はマーカスの前に膝をつき、彼の貫くような視線を浴びる。

「きゃっ……！」

マーカスが、雪麗に唾《つば》を吐きかけたのだ。頬を汚されて、雪麗は啞然とした。

「この、魔女が！」

憎々しげに、マーカスはわめいた。

「次はなにをやらかすつもりだ？　この家に、さらなる災いを運んでくるつもりか！」

「マーカス！」

ヒューバートが彼に歩み寄って、その頬を殴った。マーカスは床に転がり、雪麗の頬の汚れは慌てた召使いによって拭い取られた。

「おまえの身柄は、市警察に引き渡す」

拳《こぶし》を振るった人物だとは思えない冷静な口調で、ヒューバートは言った。

「主人の持ちものを盗んだのだ。市警察に引き立てられても文句はあるまい。しかも、我が妻を侮った」

「ヒューバートさま！　この女は、魔女です！」

擦り寄るようにマーカスは言いつのった。

「魔女を、なすがままにしておいていいのですか？　このままでは、この館が……国が、魔女に取《と》り憑《つ》かれてしまいます！」

「それを憂いて、雪麗を陥れようとしたわけか？」

蔑んだ声で、ヒューバートは言った。

「たいした忠誠だな。感心に値する」

その口調は、明らかにマーカスを見下していた。それを感じ取ったのか、彼はびくりと大きく震える。

「しかし、おまえのやりかたは間違っている。そもそも、雪麗は魔女などではない」

「なぜ、そのように言い切れるのですか！」

マーカスは、最後の抵抗というようにあがいた。

「外国から来て、怪しげな薬を……、魔女……。そう考えるほうが自然ではありませんか！」

「魔女の体には、悪魔と交わった徴《しるし》が残っている」

今まで理性的なことを口にしていたヒューバートとは思えないことを、彼は言った。雪麗は、思わずはっと彼を見る。

「私の妻だぞ。そのような徴があれば、すぐにでも気づくだろうが」

「……あ」

マーカスは、虚を突かれたような顔をした。初めて聞いた話に雪麗は目を見開き、ヒューバートを見やる。

「私が、妻の体のことで知らぬことがあると思うか？　本当に魔女なら、とうに気がついている。おまえなどに、気遣ってもらうまでもない」

それがどういう意味かわかって、雪麗は顔をかっと熱くした。確かにヒューバートなら、雪麗のすべてを知っているだろう。ヒューバートが雪麗は魔女ではないと断言するのは、その魔女の徴とやらがないことを目で見て確信しているからなのかもしれない。

「おまえがそれほど懸念するのなら、今夜にでも一度確かめてみるが？」

挑戦的に、ヒューバートは言った。それはつまり、雪麗と肌を重ねるということで。雪麗の頬は、ますます熱くなった。

「……ああ、来たな」

ヒューバートは、玄関の扉のほうを仰いだ。がたがたと音がして、人の足音が響き渡る。なに、と顔をあげた雪麗は、揃《そろ》いの黒い衣装をまとった男たちが入ってくるのを見た。

「ベイツ氏。こちらでよろしいのかな？」

「ああ。そちらが、主人の持ちものに手を出した泥棒だ」

そう言ったヒューバートに、マーカスはびくりと体を震わせた。男たちは後ろ手にされたマーカスを立たせ、引き連れていく。それを、まわりの召使いたちは恐ろしげに見やっていた。

「ヒューバートさま……、これしか、方法はないのですか？」

恐る恐る、雪麗は尋ねた。

「警察に連れていかせるなんて……そんな、おおごとに」

「おまえは、甘い」

ヒューバートは、雪麗をじっと見た。

「こういう腐った林檎《りんご》を放置しておけば、のちのち腐敗が広がる。悪の果実は、早く摘《つ》んでおくに限る」

そう言って、ヒューバートはきびすを返した。執事が市警察に対応している。雪麗は、なおも自分を睨みつけてくるマーカスの視線を浴びてぞっとした。マーカスはこの先どうなるのだろう。そしてマーカスは量を摂りすぎたからだとはいえ、毒にもなる薬を持っていると知られた雪麗は——。

「雪麗」

名を呼ばれて、はっとした。こちらに背を向けたと思ったヒューバートが、雪麗に手を伸ばしている。雪麗は、それを握った。ぎゅっと摑まれた力は痛いほどだったけれど、同時に心に沁み入る安らぎを感じる。

「行くぞ」

「あ、……はい」

最後にマーカスをちらりと振り返り、雪麗は慌ててヒューバートのほうを見た。召使いたちが道を開ける。絨毯を踏んで、その先が雪麗の寝室のある棟だと気がついた雪麗は、かっと頬を熱くした。

(わたしの……体に、魔女の徴があるかどうか調べるのかしら?)

そう思うと少し緊張が薄れたけれど、しかしヒューバートに抱かれることはいまだに慣れない。考えるだけで体が強ばってしまうのは、それを嫌悪しているからではない。溺《おぼ》れてしまってなにもかもわからなくなって、あられもない声をあげてしまう自分が恥ずかしいのだ。それをすべてヒューバートに見られているというのがたまらないのだ。

(調べるだけなら……、体を、見るだけなら)

そう思うと、少しだけ気が楽になった。雪麗の体に、魔女の徴などあるわけがない。後ろめたいことがなければ、体を晒すことも恥ずかしくはない。

ヒューバートは雪麗の手を引いて、彼女の寝室に入った。壁には薄く炎を揺らすランプがともっていて、部屋は薄ぼんやりと明るかった。

なにも言わずに、ヒューバートは雪麗を引き寄せた。そっと寝台の上に横抱きにして、顔を覗き込んでくる。この暗がりでもヒューバートの瞳の青がはっきりと見えて、雪麗の胸はどくりと鳴った。

「魔女は、悪魔と交わるとき、その体に徴を残すという」

ヒューバートは、低い声でささやいた。

「私は、この家の主として……おまえの体に魔女の徴がないかどうか、確かめる義務がある」

「ヒューバートさま……！」

雪麗は体を起こそうとしたけれど、ヒューバートの強い力に押さえ込まれてしまう。

「ヒューバートさまは……わたしが、魔女だと思っていらっしゃるのですか……？」

掠れた声で雪麗が尋ねると、ヒューバートは小さく笑った。

「そのようなわけ、ないだろう」

その手は、雪麗の襟もとにかかった。リボンに触れられて、はっとする。しゅるりと音がして咽喉もとが楽になり、同時に顔を寄せられてくちづけられる。

「は……、っ、……」

ちゅく、と音を立てて吸いあげられた。ぞくり、と体の芯が震える。それはつま先まで伝わって、体中の神経が痺れるのがわかる。

「あ、や……、っ、……、……」

吸いあげる音とともに、首筋には赤い痣がついただろう。それを召使いに見られれば、魔女の痣と言われるのだろうか。それでもいい――これは、ヒューバートに愛されている証だから。

「ヒューバート、さ、ま……」

「雪麗」

彼のことを、恐れている。彼の冷ややかな視線、感情を思わせない口ぶり。しかし雪麗は彼に惹かれている。まるで他人を拒むような態度の中、雪麗を見つめる瞳はどこか温かく包容力に満ちている。それを雪麗は、いつの間にか感じていた。

ヒューバートの骨張った手は、雪麗のドレスの紐をほどく。乳房に冷たい空気を感じて雪麗は、はっとする。彼は顔を寄せて、ゆるゆると勃《た》ちあがり始めた雪麗の乳首に唇を押し当てた。

「いぁ……、っ……、っ……」

雪麗は、ひくっと背を震わせた。浮いた背中に彼の腕がすべり込み、ぎゅっと抱きしめられた。

「あ、あ……、っ、……」

乳首を含まれ、吸いあげられる。きゅ、きゅ、と力を込められるごとに雪麗の体は強ばって、掠れた声が咽喉奥から洩れる。

「いぁ、あ……、っ、……」

じんじんした感覚が、体の奥を通り抜けた。下腹部の奥が疼いて、両脚の間が湿っていくのがわかる。思わず腿を擦り合わせると、それをなだめるようにヒューバートの手が撫でていった。

「い、や……、ヒュー、バートさ、ま……」

雪麗が掠れた声をあげると、唇が近づいてきた。そっと、くちづけをされる。柔らかい部分が重なって、ひくりと雪麗の体は震えた。

「あ、……、ふ、っ……」

ちゅっと音を立てて、吸われる。舌を舐められて、そこからもぞくぞくとした感覚が走って雪麗は立て続けに掠れた声を洩らした。

舌をくわえられ、乳首にそうしたようにきゅっと吸われる。口腔《こうこう》から全身にかけて痺れが駆け抜けて、つま先がひくひくと反応した。

濡れた音を立てながら、ヒューバートは雪麗の舌をもてあそんだ。吸い、軽く咬《か》み、舐める。その間にも彼の手は雪麗の胸に触れていた。乳首を抓み、きゅっと捻り、爪を食い込ませる。そのたびに雪麗の体は跳ねて、寝台がぎしぎしと音を立てる。

「ん、や……、っ、……、っ……」

「おまえは、いつもそうだな」

愉しげに、ヒューバートは言った。

「いや、と言いながら……こんなに反応して。私に、麗しい姿を見せてくれる」

「やぁ……、ん、……、っ」

ヒューバートの手が、雪麗のドレスのリボンをほどく。しゅる、しゅる、という音が淫らに耳に響いて、雪麗はぞくりと身を震わせる。

「白い肌だ」

熱い吐息とともに、ヒューバートは言った。

「魔女の徴どころか……しみひとつない」

「つあ……、っ、……ん、……」

雪麗の口もとを舐めあげながらのヒューバートのつぶやきは、敏感な肌に響いた。雪麗は裏返った声を洩らし、それを悦《よろこ》ぶように、ヒューバートの舌先が躍る。

「おまえにあるのは、この膝の傷痕《きずあと》くらいだな……時間が経てば消えてしまうだろうが」

そう言って彼は、雪麗の膝を撫でる。以前できた痣はもう消えていて、微かに傷痕が残っているだけだ。彼の言うとおり、時間の問題だろう。

「おまえの、この白い体に」

ちゅくん、と音を立ててヒューバートは雪麗の舌を吸う。舐め、中に入り込ませて歯の形をなぞる。それだけで両脚の間が音を立てるほどに濡れて、そんな自分の体の反応の羞恥《しゅうち》に雪麗は震えた。

「私の痕を刻む……魔女の徴ではない、私のものであるという徴だ」

「ヒューバートさま……ぁ……」

彼が、これほど饒舌《じょうぜつ》なのは珍しい。普段はもちろん、閨でもあまり口を開かない彼だ。

最初はそれを恐れていたけれど、彼の優しさの垣間見《かいまみ》える時間が増えるたびに恐怖は和らいでいって、羞恥とともに雪麗にとっては甘やかな時間となっている。

「い、ぁ……、っ……っ……!」

彼の舌がより深く入り込んできて、上顎《うわあご》を舐められた。ぺちゃ、と音を立てながら舌は動き、頬の裏を、歯茎を辿《たど》る。そのたびに体には痺れが走り、雪麗は敷布の上で身悶えた。

ヒューバートの指は、尖った乳首をもてあそんでいる。きゅっと抓み、捩り、押しつぶす。そこからもまたぞくぞくとしたものが走り、雪麗の口からは呻きが洩れ出た。

「ん、……、っ、……、っ、……、っ、っ!」

雪麗の手は伸び、ヒューバートの背にまわる。ぎゅっと抱きしめるとくちづけは深くなり、舌の根までを舐められて体中がひくついた。

「あ、……、っ、ん、……、っ、……」

ヒューバートの右手がすべり、雪麗のドレスを引き下ろす。ばちっ、と聞こえたのは縫い目がほどけた音か。彼はもどかしげに雪麗のまとっているものを脱がせ、コルセットとドロワーズだけにしてしまう。

「ひぁ……、っ、……、っ……」

きついコルセットの紐がほどかれた。はっ、と吐いた熱い息はヒューバートに吸い取られ、くちづけはますます深くなる。

「あ、あ……、っ、……、っ……あ」

彼の手は雪麗の体をなぞった。たわわな膨らみを、微かに肋《あばら》の浮いた腋《わき》を、平たい腹部を、そしてドロワーズに覆われた腰を。

「や、ぁ……、ん、ん……、っ……」

一枚の布に覆われた秘部を、露《あら》わにされてしまう。その羞恥に雪麗は身を捩ったけれど、ヒューバートの体がそれを遮る。そして下衣の腰に指をかけ、一気に引き下ろした。

ひやり、と夜の冷たい空気が入り込んでくる。それにぶるりと震える体は、ヒューバートの手に押さえられてただ快楽を受けとめる羽目になる。

「じっとしていろ」

低い声で、ヒューバートがつぶやいた。

「今までにない快楽を与えてやる……、おとなしくしておけば、な」

「そ、んな……、っ……」

ヒューバートの言葉にこれ以上の愉悦の予感を得て、雪麗は震える。それでいて、体はこの先を欲しているのだ。最初のころはわからなかった自分の抱く欲望のほどが、今はわかる。あそこに、ここに、ヒューバートの手を求めている。肌は張りつめて、彼の身動きする空気の流れさえもが快感となる。

「いぁ……、ッ、……っ……」

身震いする雪麗の体を、ヒューバートが撫であげる。肌がざわりと粟立《あわだ》って、雪麗は咽喉奥から掠れた声を洩らした。

その声に、ヒューバートは低い笑い声を立てる。雪麗の舌をもてあそびながら手は肌をすべり、ドロワーズを失った下肢をなぞってきた。

「……や、ぁ……、っ、っ……！」

手は鼠蹊部《そけいぶ》を辿り、敏感な肌を刺激する。その奥はすでにしとどに濡れていて、少し下肢を動かすだけでくちゅりと音がする。自分の淫らさを知らしめるような卑猥《ひわい》な音を聞かないようにしたいのに、耳を覆おうとする手すらも自由にはならない。

「は、ぁ……っ、……ッ……」

ヒューバートの指先が、そっと花びらの縁をなぞる。爪先でくすぐるような動きは、激しい快楽となって雪麗を襲った。

「ひぁ、あ、……ああ、あ、あ！」

「もう、こんなに濡れて」

愉しむ口調で、ヒューバートは言う。

「ほら……音が聞こえる。おまえが、私を求めている音が」

「い、や……っ、……ッ……」

今度こそ、本当に耳を塞《ふさ》いでしまいたかったのに。しかしヒューバートは、雪麗を追いつめるように小刻みに指を動かす。

「欲しいのだろう……私が」

ちゅくり、とくちづけがほどかれた。ふたりの唇を、銀色の糸が繋ぐ。その煌《きら》めきをうつくしいと思い、間近にあるヒューバートの顔に見とれ——同時に、指を花園に突き挿れられてひくりと腰がうごめいた。

「ここが、震えている」

艶めいた声で、ヒューバートは言った。

「膣内《なか》に入れてほしい、と……ねだっている」

「や、ぁ……っ、っ……っ、……」

濡れて尖った芽を擦られて、雪麗は嬌声をあげた。それはぴんと自己主張していて、触れてほしいとわなないている。

「ここも……欲しがって。淫らな女だ」

「き、らい……？」

濡れた声で、雪麗は問う。

「こんなわたしは……いやですか？」

ヒューバートは、ふっと笑った。ちゅっと重ねるだけのくちづけをして、唇を合わせたまま言う。

「そんなわけが、なかろう」

彼の唇が動くのが、体に響くどうしようもない感覚となる。

「おまえの反応は……たまらないな。なにもかも忘れて、むしゃぶりつきたくなる」

「あ……、ん、な……、っ……」

唇をほどくと、彼は雪麗の体をなぞり始めた。顎を、咽喉を、鎖骨を。まるで雪麗の体の味を確かめるように動かし、粟立った肌は反応して産毛が逆立つような感覚があった。

「なにか、塗っているのか？」

雪麗のみぞおちを舐めあげながら、ヒューバートは言う。

「おまえの肌は、甘い……まるで、プディングでも舐めているかのようだ」

「なにも、塗ってなんか……」

ひくついた声で、雪麗は言った。

「甘い、なんて……おかしい、です……わ」

「しかし、本当に甘いのだから」

ヒューバートの舌が、雪麗の臍《へそ》のまわりを這った。それに、体が反応する。

「私は、おまえという花に魅《み》せられた蜂《はち》のようなものだな」

雪麗は、目を見開いた。ヒューバートが、そのように詩的な表現を口にするとは思わなかったからだ。雪麗の頬はかっと染まり、掠れた声が洩れ出《い》でた。

「な、にを……、っ、……！」

声が裏返る。ヒューバートの舌がくぼみを抉り、その刺激が体中に走ったのだ。

「いぁ……っ、ぁ、ぁ……っ！」

雪麗の、腰が跳ねる。柳のように細い腰を押さえつけて、ヒューバートはなおも雪麗の臍を舐めた。抉るようにされ、縁を咬まれ、舌先を突き込まれる。

「や、ぁ……、っ、ぁ、あ……、っ……」

そのような場所が、これほどに感じるとは思わなかった。湯浴みをするときに召使いに触れられてもなにも感じないのに、ヒューバートの舌にこれほど乱されるとは。

「だ、め……っ、そ、こ……もう、だめ……」

「いやがっているようには見えないが？」

意地の悪い調子で、ヒューバートは言った。

「私の目には、悦んでいるように見えるがな。ほら、こんなに腰を揺らして」

「や、ぁ……ぁ、っ、……ああ、……あ、あ！」

ヒューバートの手は、雪麗の腰をなぞった。緩やかなくびれを愉しむように撫で、臀《しり》の曲線を確かめるように手を動かす。そちらにもまた感覚を奪い取られ、雪麗は小鳥のように啼《な》いた。

「くちゃくちゃと、音がしている」

密やかな声で、ヒューバートは言った。

「おまえが、私を欲しがっている音だ……なんとも、艶めかしいな」

「いや……、っ、……、っ……」

雪麗が腰を捻ると、湿った音は顕著になる。自分でも、己が濡れていることが感じられる
――その羞恥に、雪麗はますます声をあげた。

「も、う……やめて。これ、以上……」

「それは、早く入れてほしいということか？」

ヒューバートが笑うように言う。体中が熱くなった。雪麗は唇を噛み、声を殺そうとする。

「閉じるな……」

掠れた声で、ヒューバートが言った。

「聞かせろ。おまえの、声を」

「ん、な……っ、……っ……」

はっ、と雪麗は熱い声を洩らした。これ以上淫らな自分を見せたくないのに、体は止めようもなく跳ね、声はこぼれる。身を捩るとヒューバートの手が追いかけるように押さえつけてきて、思いのままにならない。

「違う……、違う、の……」

涙まじりの声で、雪麗は訴える。

「見な、いで……こ、んな……わたし。こんな……」

「淫乱な、か？」

ヒューバートの言葉の意味が、最初はわからなかった。やがてその言うところを理解したとき、また体の熱が高くなる。

「そ、んな……こと。言わないで……」

「恥ずかしがるおまえが、かわいいのだ」

彼の舌が、すべり下りる。思わぬ感じる部分への愛撫から逃れてほっとしたものの、しかしヒューバートは雪麗をかわいがる動きを止めなかった。

「いぁ、あ……、ぁ……っ……！」

ヒューバートは、雪麗の髪と同じ色の茂みを梳いた。尖った先端を覗かせている敏感な芽を舐めあげる。

「や、……ぁ、あ……あ、……、っ……！」

雪麗の腰が、大きく跳ねた。彼の両手が浮いた腰骨を押さえつけ、赤く腫《は》れた芽を愛撫する。ちゅく、ちゅくと吸われて、全身に痙攣が走る。

「だめ……だめ、そ、んな……ところ」

奥まった秘所を愛撫されたことがないわけではない。しかし何度味わっても慣れない感覚に雪麗は脅えを感じて、全身を震わせる。

「だめなの……、ん、な……と、ころ……」

「おまえがいやがっていないことは、わかっている」

唇で秘芽を挟んだヒューバートは言う。

「もっとしてほしいのだろう？　おまえの体は、そう言っている……」

「や、ぁ……、ん、ん……、っ、……！」

ヒューバートは、秘芽に軽く歯を立てる。とたん、びりびりと刺激が伝いきて、雪麗は声を嗄《か》らしながら大きく体をしならせた。

「……っあ、あ……、っ、……、っ、……！」

同時に、熱いものが秘所を濡らす。ヒューバートが、ぺちゃりとなにかを舐め取ったのに気がついた。

「あ、や、ッ……っ、……、っ……」

「よく、達《い》ったな」

ヒューバートの舌が、なおも雪麗の秘芽を舐める。また、ぴしゃりとなにかが流れ出た。

「心地よかろう……？　そのような顔を、している」

「や、っ……、っ……」

体の中から、なにかが抜け出てしまったようだ。雪麗は何度も荒い息を吐き、しかし呼気を整えようとしてもうまくいかない。

「自分が、達ったのがわかるか？」

尖った秘芽をくわえ、ちゅく、ちゅくと吸いながらヒューバートは言った。

「このうえない快楽を味わったはずだ……どうだ、体に力が入らないだろう？」

「は、っ、……、っ、……、っ」

まともに言葉を綴ることができない。雪麗は激しく胸を上下させながら、懸命にヒューバートに応えようとする。

「もっとだ……、もっと、そのようなおまえを見せてくれ」

「あ、あ……、ッ、……、っ、……」

ヒューバートの指が、茂みの奥にすべり込む。濡れそぼった花びらを擦られ、するとまた体中に痙攣が走る。

「うつくしいな……、雪麗」

聞いたことのない、甘い声でヒューバートは言った。

「おまえほど、うつくしい女もあるまい……このように、淫らな女もな」

ヒューバートも、また雪麗の痴態に酔っているのかもしれない。羞恥は激しく雪麗を包んでいたけれど、彼に快楽を与えられるというのも、また愉悦につながった。

「ここも……綻《ほころ》んでいるな」

大きな手が、雪麗の腿を押しあげる。両脚を開かされて雪麗は声をあげたものの、ヒューバートはそれに逡巡《しゅんじゅん》した様子もない。

「ひぁ……、っ、……、っ……！」

「こんなに、赤くなって……色っぽく染まって」

花びらの縁を、ヒューバートの指がなぞる。少し抓まれると、びりびりと衝撃が来て雪麗は腰を捩らせた。

「蜜を垂らしている……甘い、蜜をな」

「い……、っあ、……あ、あ……、あ……！」

ヒューバートは甘露をすくい取り、舐める。ぴちゃりという音が耳につく。自分がどれほど感じているのか、どれほど淫らな姿を晒しているのか。考えるだけで腹の奥からかっと熱くなる。そんな雪麗の姿を、ヒューバートは愉しんでいるようだ。

「声をあげろ……もっと、乱れろ。私に、おまえの麗しい姿を見せろ」

「そ、んな……こと……、っ……」

そのような姿こそ、見せたくないのに。あがる淫らな声など、聞かれたくないのに。しかしヒューバートの手管にはまった雪麗に抵抗の術《すべ》はなく、彼の望むように乱れるしかない。

「いぁ……、っ、……、っ、……！」

彼の歯が、蜜をしたたらせる花びらに食いつく。軽くとはいえ歯を立てられて、それもまた耐えがたいまでの衝撃になって雪麗を襲う。

「っ、ぁ……あ、あ……ああ、あ……っ……」

ざらり、と敏感な部分を舐められる。歯を食い込まされる。それはあまりにも激しい愉悦で、雪麗の黒耀石の瞳からは涙が流れ出た。

「い、や……、もう……、っ、……、っ……」

「まだ、これから……だろう？」

嘲笑うような調子で、ヒューバートは言った。侮蔑《ぶべつ》を浴びせられているように感じながらも、それに感じて蜜を垂らしてしまうのはなぜなのだろう。

「もっと……、もっと、だ」

はっ、と濡れた呼気が、秘所に触れる。ヒューバートはどれほど感じているのだろうか。どれほど、雪麗を欲しいと思ってくれているのだろうか。それを思うと体はますます熱くなり、花園からはさらなるしたたりがこぼれ落ちる。

「雪麗……、もっと、感じろ」

満足げに、ヒューバートはささやく。

「また……達くか？　私の指で？」

「ゆび、だけ……、じゃ……」

乱れた息を吐きながら、雪麗は呻く。

「……あなた……、も。あなた……で」

自分でも、なにを言っているのかわからない。ただ求めるものを口にし、身を捩らせて喘ぐばかりだ。

「お願い……、ヒューバート、さ、ま……、っ……」

熱い呼気が、秘めた場所に触れる。それにも感じさせられながら、雪麗はなおも淫らな願いを口にする。

「入……、れて……、っ、……」

掠れた声で、雪麗は言った。

「あなたと……、あなたを、感じたい……の……」

「ああ」

熱っぽい声で、ヒューバートは言った。彼は大きく舌を出して秘所を舐めあげ、秘芽をくわえて吸いあげる。

「いぁ……、っ……、っ、……!」

彼の唇と舌に翻弄《ほんろう》されながら、雪麗は手を伸ばす。指先にはヒューバートの明るい金髪が絡み、思わずそれを引っ張ってしまう。

「いたずら者め」

戯《おど》けた口調で、ヒューバートは言った。彼は体を起こし、雪麗の顔を覗き込む。彼の唇は濡れていて、舌がそれを舐め取った。唇を濡らしているのが自分の蜜で、彼がそれを味わっていることを目の前に見せつけられて、また羞恥が体中を走る。

「入れろ、とな……？」

にやり、とどこか偽悪的な笑みを浮かべてヒューバートは言った。

「いいのか……？　おまえのすべてを、私に捧げると……？」

「もう……、わたしは」

途切れた声で、雪麗は応える。

「あなたの、もの……、っ、……」

ヒューバートは、目を細めた。くちづけをされて、奇妙に甘いような苦いような味がして、雪麗はひくんと肩を震わせる。

「そうだな」

雪麗の言葉に、ヒューバートは満足そうに応えた。

「おまえは、私のもの……、そして私は、おまえのものだ」

「あ、あ……、っ、……、っ……」

ひくつく秘所に、熱くて太いものが押し当てられる。トラウザーズはくつろげているのだろうが、着衣のままの彼に抱かれるのは恥ずかしい。雪麗は震える手を伸ばし、ヒューバートのタイに指を絡めた。

「あなた、も……脱いで」

掠れた声でそう言ったのが、ヒューバートには聞こえたのだろう。彼は唇の端を持ちあげて、雪麗にくちづけてくる。そして雪麗の手首を摑むと、わななく彼女の指にタイをほどかせた。

うまく動かない指では、なかなか結び目はほどけない。それでもようやっと、藍色のタイを引き抜いた。なおも小刻みに震える指でシャツの釦《ボタン》を外し、彼の胸筋を目に、ぞくぞくと腰を揺らめかせる。

「目で見て、感じるのか？」

雪麗がなにを見ているのか、理解したらしいヒューバートは言った。

「私の体を見てなのか？　……ほら、ここが締まった」

「あ、や……、っ、……、っ……」

雁首《かりくび》の、半分ほどが入った秘所が震える。男の体を見て感じるなんてふしだらな、と思うものの、鍛えられた体を前に動揺しないわけにはいかなかった。

「感じると、言ってみろ……雪麗」

艶めかしい声で、ヒューバートがささやいた。

「私を見て、感じると。……こちらも、おまえの見たい場所なのではないか？」

「あ、……、っ、……」

ヒューバートは、腰を引いた。くちゅりと音がして、ふたりの体がわかたれる。雪麗はひゆっと息を呑み、その目に映ったのはシャツを脱ぎトラウザーズを足から抜いているヒューバートの姿だった。

「……、っ、……、あ……」

全裸のヒューバートが、目の前にいた。彫刻のように整った筋肉を持つ彼に見とれ、雪麗はまた、彼を受けとめる箇所が濡れるのを感じる。

「お望みどおりだ、雪麗」

その力強い手で雪麗の腰を摑みながら、ヒューバートは言う。

「見てみろ……これが、おまえの膣内《なか》に入る」

彼は、自身を手にした。髪と同じ色の茂みから勃ちあがっている男の欲望――まざまざと見たのはこれが初めてで、雪麗は唾を飲んだ。

「もっと、脚を拡げろ」

先端から淫液をこぼす自身を、見せつけるように勃ちあがらせながらヒューバートは言う。

「おまえの中に入るところを、見ていろ。おまえの狭いところに、入る私を……」

ああ、と雪麗はため息をついた。ヒューバートの青い目が、雪麗を見つめている。じっと視線を注がれて、すべてをその目に焼きつけられて。雪麗の昂奮《こうふん》が耐えがたいまでに高まる。

「んぁ……、っ、……、っ……」

じゅくり、と秘所を肉塊が破る。初めてのときのように心臓がどきどきと高鳴るのは、これほどあからさまに男の欲望を見るのが初めてだからだろうか。

大きく開いた脚の間に、ずぶずぶと挿り込んでくる赤黒い淫芯——熱が花びらに擦りつけられて、背が痛いほどにのけぞった。その腰を強く抱きしめ、ヒューバートは腰を進めてくる。

「いぁ、あ……あ、あ……ああ、ん、……、っ……！」

「ふ、……、っ……」

少しずつ、欲望が挿ってくる。蜜口を雁首が破り、雪麗はひくんと下肢を跳ねさせた。ヒューバートはそんな彼女をより強く抱きしめ、なおも挿入を続ける。

「つあ、あ……、ああ、あ……、ん、っ……、っ」

雪麗の手はヒューバートの裸の背にすべり、強く彼を抱きしめた。一番太い部分が感じるところを擦り、雪麗は体に力を込める。全身を駆け抜けた衝撃に耐えかねて爪を立ててしまったけれど、ヒューバートはこたえた様子もなくにやりと笑った。

「感じているな……？」

さも愉しげに、ヒューバートは言う。

「中が、震えている……私を呑み込んで、離さない……」

「は、ぁ……、っ、……、っ、ん……、っ……」

蜜洞が痙攣している。複雑に折り重なった襞《ひだ》は太いものに押し伸ばされて、敏感な部分が剝き出しになる。それに感じさせられて、雪麗は堪えきれない声をあげた。

「もっと、深くだ……もっと。私を、受け入れろ……」

「いぁ、あ、あ……ん、っ、……、っ、……！」

じゅく、じゅく、とふたりの淫液が混じり合う。雁首を中に呑み込んで息をつくと、ヒューバートと視線が合った。ふたり、自然にくちづけ合う。重ねるだけの接吻とは裏腹に、下肢は淫らに交わっている。

「雪麗……」

「は、……、ぁ、……、ん、……、っ……」

迫りあがる快楽に耐えがたいというように、切羽詰まった声でヒューバートは雪麗を呼んだ。言葉にならない声でそれに応えた雪麗はくちづけを深くし、すると接合が強くなる。

「んぁ、あ……、……ああ、あ！」

硬い欲望が、柔らかい内壁を擦る。それがたまらない愉悦を生んで、雪麗はヒューバートの唇を噛んでしまった。しかし背中の傷同様に、彼は意に介してもいないらしい。舌を出すと雪麗の歯を舐め、そこからもぞくぞくと感じた。

「や、ぁ……、も……、っ……」

腰を捩ると、突きあげが深くなった。ゆっくりと挿ってくる感覚がもどかしくて、ひと息に突いてほしくて。同時に、焦《じ》らすような動きを愉しんでいる自分もいる。

「も、う……、もっと、……、っ……」
くなる。
嘲《あざけ》るようなヒューバートの言葉も、快感だ。雪麗は大きく身を震い、同時にまた挿入が深
「堪え性のない」
「ああ、あ……っ、……、っ……」
ずく、ずくと蜜襞が拡げられる。内部はヒューバートの形を覚えていて、彼を包み込むよ
うにうごめき、蜜をこぼした。出し入れが激しくなって、淫らな水音があがる。そこに雪麗
の喘ぎとヒューバートの吐息が絡み、寝室は淫猥な空気に満たされた。
「つあ、あ……、っ、……、っ、……!」
「ふ、っ……、……」
感じる部分に、熱杭《ねつくい》が擦りつけられる。蜜口は限界まで拡げられ、敏感な神経が露わに刺
激されて雪麗は掠れた声をあげることしかできない。
「……っ、あ、……ああ、あ……、っ、……、ああ、あ!」
ヒューバートの逞しい体に抱きついて、必死に唇に貪《むさぼ》りついて。受け入れる部分を懸命に
緩めてもっと深く受けとめようとしながら、雪麗は声をあげた。
「んぁ、あ……、……あ、あ……あ……」
「……ん、ッ……」

ずん、と突きあげられ、雪麗の声が裏返る。背筋が痛いほどにしなり、しかしそれさえも快感だった。ヒューバートの強い腕に抱きしめられて、彼の唇を受けて喘ぎ、身を捩らせ秘所を濡らす。深く、深く、深くを穿《うが》たれて、なおも雪麗は愉悦を受けとめた。

「あ、あ……、も、う……、ッ、……っ……」

あげた声は、ヒューバートの唇に吸い取られる。続けて内壁を突きあげられて腹の奥が、かあっと熱くなる。

「……届いたぞ」

ヒューバートが、掠れた声でささやいた。

「おまえの、奥だ……一番、深いところ」

はっ、と雪麗は乱れた声を洩らす。深いところが、熱くてたまらない。快感がつま先までを駆け抜け、うまく呼吸ができなくなる。

「心地、いいな……」

うっとりと、ヒューバートがつぶやく。

「おまえの中……、私を包み込んでくる。締めつけて、離さない……」

ヒューバートの甘い声が、耳を刺激する。それが雪麗をさらに追いあげ、思考力もが痺れてうまく働かなくなっていく。

「愛している……」

そう聞こえたのは、雪麗の聴覚がうまく働いていなかったからだろうか。指先までが痙攣して、感覚をうまく受けとめられなくなっていたからだろうか。

「あい、……、し、て……?」

「ああ」

雪麗の柔らかい体を突きあげながら、ヒューバートはささやく。

「愛している……遠い国から、私のもとに来てくれて」

襞を擦られる。突きあげられる。まるで体中をかきまわされるような衝動にとらわれながら、雪麗はヒューバートの言葉を繰り返した。

「おまえに、巡り会えて……私は、幸せ者だ」

「しあ……わ、せ……、……」

雪麗は、ヒューバートの背に強く抱きつく。彼の胸筋に乳房がつぶされ、それにすら感じた。肌はどこに触れられても敏感に反応し、雪麗の意識はだんだんと薄くなっていく。

「わ、たし……、も……」

彼の濡れた唇に、自分のそれを擦りつけながら雪麗は口ずさむ。

「愛しています……、とても、幸せ……」

そうささやいたのと同時に、腹の奥で弾《はじ》ける熱いものを感じた。彼が、放ったのだ。それを感じ取って、雪麗の体も反応する。びくんと体の深い部分が震え、わななきが全身を走る。

「ああ……、あ、あ……、っ、……、っ……！」

婚声とともに、雪麗は達した。目の前が真っ白になって上も下もわからなくなり、感じられるのはただ抱きしめてくる高い熱。耳もとで繰り返される乱れた吐息。愛している、と繰り返す甘い声。

「……、……、あ、……、っ、……」

それらに包まれて、雪麗は意識を手放した。包み込んできた夢では、心地よい熱に包まれただひたすら、甘い声を聞いていた。

第三章　賢い女

ヒューバートとカルヴィンの父、ブラッドリー・ベイツ伯爵がロンドンにやってきたのは、春の気配が感じられるようになったある日だった。

雪麗にとっては、結婚式以来の面会だ。義父の治療のために雪麗のほうから向かう予定だったのに、魔女騒ぎのせいで先延ばしになっていた。彼は春から夏にかけての社交シーズン、カントリー・ハウスからロンドンのタウン・ハウスにやってくるのだそうだけれど、そのほうが先になってしまったのだ。

「久しぶりですね、雪麗」

白髪交じりの髪と髭、低い声は故国の父を思い起こさせた。雪麗は、義父との再会のためにあつらえた紫のドレスを抓んで、挨拶をする。

「はい。お義父さまは、ご体調のほどは……」

雪麗が尋ねると、椅子に座って杖《つえ》をもてあそぶ義父は困ったように眉をひそめた。

「いいというほどではないよ……まぁ、悪くもない。こうやって、タウン・ハウスに来られる程度にはな」

ブラッドリーは、自虐的に笑ってみせた。雪麗は、彼の緑がかった顔色が気になって仕方がない。

（でも……立派なお医者さまがついていらっしゃるのでしょうし）

いくら師について学んだとはいえ、雪麗の医学の知識など、出る幕ではないだろう。それに、雪麗は一度立ってしまった魔女の噂によって、自らなにかしようという気持ちを失っていた。それでも義父の体調が気になって仕方がない。

（やっぱり……血瘀を起こしていらっしゃるわ。体が、あちこち腫れていらっしゃる。血を吐くとおっしゃっていたし、きっと胸が痛くていらっしゃるはず）

ブラッドリーの部屋だという、陽当たりのいい屋敷の一角で、ブラッドリーは息子のヒューバートとカルヴィンとともに、いろいろな家の噂話に興じている。

「雪麗？」

ヒューバートが声をかけてきた。突然呼びかけられて雪麗は、はっと顔をあげた。

「どうした？　このような話は、つまらないか」

「いえ……、そういうわけではなく」

雪麗は戸惑った。生半《なまなか》な医学の知識をひけらかすのも気が引けるし、しかしともすると兄に持たせてもらった薬箱の中身が役に立つかもしれないと思うと、なにも言わないのも心苦しい。

「仕方なかろう。雪麗は、ここに来てから日も浅い。私たちが、気を遣ってやらねばなるまいよ」

ブラッドリーはそう言って、雪麗に微笑みかけてくれる。その笑顔にもどこか痛々しいものがあって、雪麗は思わず胸に手を置いた。

「あ……！」

雪麗は、思わず声をあげた。ブラッドリーが咳《せ》き込《こ》んだのだ。明らかに、気が停滞した状態だ。

「お義父さま！」

雪麗は、思わずブラッドリーに駆け寄った。背をさする。微かに、血の匂《にお》いがした。

ヒューバートとカルヴィンも、父に駆け寄る。三人に囲まれてブラッドリーはきまり悪そうな顔をしたが、しかし病の苦しみは隠しようがないらしい。

「大袈裟《おおげさ》だ」

苦笑とともにブラッドリーは言うが、目が充血している。これほど間近に義父の顔を見るのは初めてだけれど、確かに雪麗の思う病状なのだ。

「雪麗、どうした」

「え……、いえ」

雪麗は口ごもった。そんな彼女を、カルヴィンが覗き込んでくる。

「そういえば、義姉さまは医学に通じておいででしたね」

カルヴィンの言葉に、雪麗は怯んだ。

「通じるなんて……そんな、たいそうなものではありませんの」

「でも、メイドの風邪を治したり……」

雪麗の薬が引き起こした一連の騒ぎを思い出してか、カルヴィンは口を噤んだ。しかしカルヴィンは、雪麗を魔女だと信じている輩《やから》ではなかったはずだ。

「いろいろと、病に効くお薬をお持ちなのですよ。お国からお持ちになった」

「ほう……」

ブラッドリーは興味を持ったようだ。なにしろ、これほどの病を抱えているのだ。藁《わら》にも縋《すが》りたいというのが本音だろう。

「胸の病に効く薬もあるのですか？」

「胸の病、といいますか……」

雪麗は、口調を淀ませながら言った。

「お義父さまは、血瘀を患っていらっしゃるのだと思います。血流が乱れて、それが肺に血瘀を起こしているのです」

聞き慣れないのであろう言葉を、ブラッドリーは繰り返した。また軽く咳をして、カルヴィンが父の背を撫でた。

「その……血瘀とやらは、治せないのですか」

ブラッドリーは、義娘に丁寧な言葉使いをした。それに恐縮しながら、雪麗はうなずいた。

「治せないとは申しません。丹参《たんじん》に赤芍薬《せきしやくやく》……それらは、わたしの薬箱に入っています」

「では……！」

今にもブラッドリーは立ちあがりそうだった。しかし体がよろめき、うまく立つことができない。その症状にも、雪麗は彼の病状を確信した。

「ですが、それだけですぐに治るというものではありません……効くにも、時間がかかります。どの薬が一番合うか、それも調べなくてはいけません」

「しかし、あなたにはそれができるのでしょう？」

今にも立ちあがりそうな勢いで、ブラッドリーは声をあげる。

「ぜひとも、お願いしたい。この苦しみから……解き放ってくれるのなら」

「もちろん、です……」

震える声で、雪麗は言った。

「お役に立ちたいのは、山々です。ですが、わたしは正式な医師ではありません」

「それでも、構わないのです」

また、咳をしながらブラッドリーは続ける。

「あなたは、この国にはない技術をお持ちだ……どんな薬品を使っても治らない私の病状が、異国の薬で治るかもしれない」

雪麗はためらった。召使いの風邪を治したときは、夢中だった。今思えば、どうしてあんな大胆なことができたのかと思う。しかし薬を使うことであんな騒ぎが起きてしまう以上、この家の真の主――ブラッドリーを前にしては、そう易々《やすやす》とはできかねた。万が一――命にかかわるようなことがあっては、雪麗は己の命をもってしても取り返しがつかない。

「頼みます、雪麗」

祈るように、ブラッドリーは言った。

「私を、助けてください。あなたのお持ちの、技術で」

雪麗は、ヒューバートを見やった。彼もまたブラッドリーと同じような表情をしている。カルヴィンも思い詰めた顔を見せていて、雪麗には薬箱を開く以外の道しかなくなってしまった。

「……わかりました」

そう雪麗が言うと、三人の表情がぱっと明るくなった。自分の調合した薬でも、彼らをそのような表情にさせることができればいいのに。雪麗は胸の中で、そう祈った。

雪麗の治療は、脈を取ることからはじまった。

「ただ、薬を飲めばいいというわけではありません」

ブラッドリーの両手首に三本の指をそっと置きながら、雪麗は言った。

「この時期の脈は、やや緊張している……夏になればそれも和らぎますが、お義父さまの場合は、これには当てはまらない……もっと違う脈が感じられます」

「どのような？」

ヒューバートの問いに、雪麗はうなずいてみせた。

「結脈……脈拍は遅く、不規則に欠落しています。気の停滞……やはり、血瘀です」

雪麗は、手を離した。

「次は、舌を見せてください」

ブラッドリーは、素直に舌を出した。雪麗は、思わず眉を寄せる。紫がかった斑点——明らかに、見立てのとおりの症状を現している。

そして、最初から気になっていた緑がかった顔色。血走った目。どれもこれも血瘀の症状だけれど、決定的だったのはやはり脈だ。あのゆっくりとした動き、正しい律動を刻まない状態。すべてがブラッドリーの症状を示している。

「丹参と、赤芍薬……菊花と黄芩《おうごん》。それらは、わたしの薬箱に入っています」

いかに調合すべきか、考えながら雪麗は言った。

「厨《くりや》を借りて、煎じます。苦いと思いますけれど、嫌わずにお飲みになって」

「煎じるなんて、メイドにやらせればいいものを」

不服そうに、カルヴィンが言った。

「仮にも、伯爵の奥方のすることではありません」

「ですが、お義父さまに飲んでいただく薬です」

カルヴィンのほうを向いて、雪麗は言った。

「わたしが手がけなくては。分量もなにもかも、人任せにはできません」

牛黄解毒片を大量に飲んだ召使いのことを思い出しながら、雪麗は言った。

「薬も、間違えれば毒ですから……」

雪麗のつぶやきを、その場の者たち皆が理解したらしい。ブラッドリーはうなずいた。

「そうですね、なにもかも、雪麗にお願いしたい」

彼の言葉が嬉しかった。雪麗は微笑み、するとブラッドリーも笑顔を返してくる。

「わたしは、薬を煎じてきます。ここで、お待ちになっていて？」

「僕、手伝います」

ついてきたのはカルヴィンだった。雪麗の居間で、彼女が薬箱の抽斗を開けるのを興味深く見ている。

「ラベルもなにもないけれど、間違ったりはしないのですか？」

「全部、覚えていますもの」

くすりと笑って、雪麗は言った。

「それに、形も匂いも違います。カルヴィンさまも、少しお勉強なさったらわかることですわ」

勉強なんて、とでも言いたげにカルヴィンは首を振った。そんな彼にまた笑いながら、雪麗は目的の生薬を取り出した。

厨房に顔を出すと、召使いたちが驚いている。薬罐を出させ、水とともに生薬を入れる。ぐらぐらと沸き立つのを待ち、生薬の成分が溶け出した湯を、カップに入れる。

「義姉さまは、どこでこういうことを覚えられたのです？」

「わたしは、父も兄も医生《いしゃ》ですから」

微笑みとともに、雪麗は言う。

「父の師に、習い覚えたのですわ。直接教えてもらったこともありますけれど、盗み見て覚えたことも多いのです」

雪麗は、カルヴィンに笑みを向ける。

「耳濡目染（耳濡《みみうるお》い目染《めそ》まり）、不学以能（学《まな》ばずして以《もっ》て能《よ》くす）、です」

「ああ、聖人の家人はラテン語を知る、ですね」

ふたりして、くすくすと笑う。熱いカップは、カルヴィンが持ってくれた。ブラッドリーの待つ書斎に向かうと、激しい咳が聞こえて息を呑んだ。

「早く、薬を！」

「え、ええ……」

しかし飲んだからといって、すぐに効くものではない。それでも少しでも力になればと、扉を開けた。

「お義父さま！」

「父さま！」

長椅子の上では、ブラッドリーが咳き込んでいる。その背をヒューバートが懸命に撫でていて、ブラッドリーの発作のひどさを物語っている。

「薬を！」

やや咳の治まったブラッドリーは、こちらを見た。やつれた顔は痛々しく、雪麗の胸はひどく痛んだ。

「熱いですから、気をつけて」

カルヴィンからカップを受け取ったヒューバートは、ブラッドリーに中身を飲ませる。ブラッドリーは少し眉をひそめたが、湯気の立つ煎じ薬をごくりと飲んだ。

「いかがですか？」

「……少し、楽になった」

「そんな、急に効くものでもないでしょう」

「ですが、そのように感じるのです」

丁寧な口ぶりで、ブラッドリーは言った。

「胸のあたりが、すうっと……なにか、靄《もや》が晴れたような」

「そうならば、よろしいのですが……」

しかし生薬は、そうそう簡単に効くものではないと雪麗は知っている。それでもブラッドリーの気が休まったのなら、今はそれでいいと思った。

「薬は、一度飲めばいいというものではありませんわ。わたし、毎日煎じますから、お飲みになってくださいね」

「わかりました」

空《から》になったカップを手に、ブラッドリーはうなずく。雪麗は微笑み、ヒューバートと目が合うと彼も微笑んでいた。彼の笑みなどめったに見るものではなかったので雪麗は驚き、目を見開くと彼はまた笑った。

「少し、横になってもいいかな」

ため息とともに、ブラッドリーが言った。

「楽になったせいか……少し、体が怠《だる》くてね」

「それはいけません、すぐにベッドへ」

ヒューバートが、気遣う声をかけた。カルヴィンが言葉を続ける。

「今夜は、ディオン家での晩餐会です。皆さま父さまのご出席を楽しみにしておられますから、欠席はできません」

「わかっているよ」

また、小さく咳をしながらブラッドリーは言った。

「休ませてもらおう……雪麗の薬が、もっと楽にしてくれるだろう」

そうならいいと、雪麗は願った。ヒューバートがブラッドリーに肩を貸し、立ちあがる。

薬が効いた気がすると言いながらもやはりおぼつかない足取りを、雪麗は憂いとともに見つめた。

「義姉さま、そのようなお顔をなさらなくても」

声をかけてきたのは、カルヴィンだ。彼は雪麗を励ますようににっこりと笑って、その笑顔に少し救われたように思った。

「わたし……、お義父さまのお体に効く薬を、選んでくるわ」

ブラッドリーの頼りない後ろ姿に、ともすれば涙ぐみそうになる雪麗だ。それを振り払うように、彼女は言った。

「血瘀に効く薬といっても、いろいろなものがありますの。どの薬がいいか、どの組み合わせがより効くか……それを、見極めなければなりませんわ」

「義姉さまも、忙しくなりますね」

そんな、と雪麗は首を振った。

「少しでも、お義父さまのお力になれるのなら。わたしにできることは、これしかないんですもの」

「そんな義姉さまは、魅力的だ」

感嘆したように、カルヴィンは言った。

「自分の力を惜しみなく、精いっぱい発揮なさろうとする義姉さまのお姿は、見ていて清々《すがすが》しい。僕も、見習わなくては」

「なにを言っているの」

雪麗は、笑った。しかしカルヴィンは本心から感心したように雪麗を見ていて、雪麗は居心地の悪い気分を味わった。

「では、わたしも部屋に戻るわ……どのような薬があったか、確かめないと」

義姉として慕ってくれているのか、カルヴィンはときどきこういう表情を見せる。慕ってくれるのは嬉しいけれど、どこか心持ちに不安定なものを感じるのはなぜだろうか。

「お部屋まで、お送りいたしましょう」

「大丈夫よ、外に出るわけじゃないのだから」

雪麗は苦笑した。それでもカルヴィンはついてきたいようなそぶりを見せたが、その前に雪麗はスカートを翻した。

この夜の舞踏会の催されるディオン家は、今まで訪れたどの屋敷よりも立派で豪奢だった。

雪麗は、召使いによって髪を高く結いあげられた。緩やかに束ねあげて輝く宝石のついたヘアピンで留めた髪型は少し大人っぽすぎるのではないかと懸念したけれど、この屋敷の立派なさまを見てはこれでよかったと思える。

ドレスは、季節に合わせた若草色。首もとからデコルテにかけては淡いオーガンジー、切り替えの部分は細かい目のレースで飾られている。

腰は、十八インチまで絞れるようになった。胸の下から腰骨までは細い腰をさらに細く見せるようにすっきりと、その下からのスカート部分はふんわりと何重にも重ねたやはりオーガンジーで、まるで膨らんだ花のようだ。

雪麗は、ヒューバートに手を取られて馬車を降りた。かつん、とヒールの音が響く。まわりには招待客が集っていて、色とりどりのドレスの色で華やかだ。

「お義父さま」

前の馬車からは、ブラッドリーが降りてくる。あとから降りたカルヴィンが杖を手渡していて、ヒューバートはそちらに駆け寄った。

「父上、お体のほうは」

「おまえは、気を遣いすぎだ」

ブラッドリーは、苦笑している。

「体調がよくなったから来たんだ。雪麗の薬が効いたのかもしれないな」

その言葉を耳に、やはりそれほど早く効くはずはないと思う。しかし効くと思うほうが薬効は強くなるということは聞いたことがある。ブラッドリーが効いていると思うのなら、それは確かに薬の効き目なのだろう。

「ミスター・ベイツ！」

正装の、初老の男性が両手を広げてこっちにやってきた。

「お久しぶりです！　思ったよりも、ずっとお元気そうだ」

「やぁ、ミスター・ディオン」

少し掠れた声で、ブラッドリーは言った。

「元気に見えるのなら、なにより。我が家には、医術の心得のある嫁がまいりましたのでね」

「……ああ」

ディオン氏は、雪麗のほうを見た。雪麗は、慌てて正式な礼を取る。

（わたしが魔女だという話を……ディオン氏は、信じていらっしゃるのかしら？）

なにしろ、先日は悪《あ》しざまに罵られたのだ。社交界では話題になっているだろうし、それを、邸宅からしてこれほどの規模を持つディオンが知らないはずはないと思うのだ。

「ヒューバートさまが娶《めと》られた、花嫁ですね」

ディオンは、雪麗にじっと目をやった。緊張して、雪麗は体を強ばらせた。そんな雪麗をかばうように、ヒューバートがそっと腰に手を置いてくれる。

「実は、私は少々中国趣味《シノワズリ》を嗬っているのですよ」

その言葉は、雪麗にとっていいことなのか悪いことなのか。まるで骨董品《こっとうひん》のように見つめられるのは居心地が悪くて、雪麗はもじもじしてしまう。

「三彩《さんさい》、白磁、青磁、青花《せいか》……陶磁器は誠に興味深い」

雪麗は確かにそれらが作られた国の出身だけれど、陶磁器には詳しくない。それらの話題を持ち出されればどうしようかと懸念したけれど、ディオンはブラッドリーに向かって雪麗にはわからない話をし始めて、ほっとした。

「私たちも、お邪魔しよう」

ヒューバートに言われて、雪麗はうなずく。ブラッドリーは杖を突きながらディオンと話している。その脇に立っているカルヴィンは退屈そうにそんなふたりを見ていたけれど、新たな馬車でやってきた薄桃色のドレスの淑女に声をかけた。

一方で、ヒューバートはブラッドリーから目を離さない。彼が少しでもつまずく様子を見せると、駆け寄ろうとする。ブラッドリーが転ぶことはなかったけれど、ヒューバートが父のことを非常に大切に思っていることはよくわかる。

「ま、ぁ……」

ディオン家の広間は、圧倒的な迫力をもって雪麗を迎えた。磨かれた大理石の床は鏡のよう。一面硝子張りの窓には深い赤の天鵞絨のカーテンがかかっていて、タッセルに留められた皺のひとつひとつまでが計算されたようだ。

広間の隅には楽団がいて、静かな音楽を奏でている。そういう光景は今まで招待されてきた舞踏会でも見てきたけれど、規模が違った。

集まっている人々の装いも色とりどりで、それも広間に華やぎを添えている。白と黒の華やかなお仕着せをまとった召使いの押すワゴンに載った軽食の美味しそうなこと、配られるグラスに入った飲みものの涼やかなこと。舞踏会にはもう慣れたと思ったのに、雪麗の知らない、もっと素晴らしい集まりがここにはあるのだと知った。

「雪麗？」

「あ……、いえ」

ヒューバートが、不思議そうに声をかけてきた。雪麗は慌てて振り返る。

「あまりに……豪華で。なにもかも。びっくりしていただけですわ」

「ディオン家は、このロンドンの社交界の中心だからな」

召使いから淡い桃色の飲みものの入ったグラスを受け取りながら、ヒューバートは言った。

「そこに招かれるというのは、なかなかに名誉なことなんだよ」

「名誉……？」

ああ、とヒューバートはうなずいた。

「ここには、おまえを魔女だのなんだの言って貶《おとし》める者はいない。そんな、品のない者は招待されない」

「そうなんですの……」

それには少しほっとした。しかしヒューバートの言う『品のない者』が集うような場所に、雪麗たちはなぜ今まで出向かなくてはならなかったのだろう。

「父上が、お戻りになったからね」

雪麗にも、淡い黄色の飲みものが満たされたグラスを渡してくれながら、ヒューバートは言う。

「今は、父上は病気で静養していらっしゃるけれど。我がベイツ家の当主は代々、保守党の議員を務めている。保護貿易を支持しているわけだけれど、だからこそ外国人であるおまえを迎え入れて……外国にも寛容であることを示すことが必要だと考えたんだ」

雪麗はうなずいた。自分が外国に嫁ぐ理由は聞かされていたし、自分でもそれを納得してこの国にやってきたのだ。

「私も頑張ってはいるつもりだが、やはり父上の威光には敵わない。私は、父上の息子だということで今の地位を保っているに過ぎない」

ため息とともに、ヒューバートは言った。

「父上も、病気さえよくなれば……もっと頻繁にロンドンにも出てこられるし、国会の重鎮とのつながりも深くなる」

具体的にはわからなくても、ブラッドリーの病が元凶であることは雪麗にもわかる。このディオン家のような大きな館に住みたいとか、贅沢《ぜいたく》な生活をしたいということではない。ただ、ヒューバートの望むようになればいいと願うばかりだ。

「わたしに……なにか、できることはあるでしょうか」

ぱちぱちと泡の弾ける飲みものを口にしながら、雪麗はつぶやいた。

「なにか……ヒューバートさまのお力になれることが」

「おまえは、おまえのままでいてくれればそれでいい」

微笑んで、ヒューバートは言った。

「おまえは、いてくれるだけでいいんだ……おまえがいてくれると思うと、私はそれだけで励むことができる」

「そんな……」

雪麗は、はにかんだ。思わず顔を伏せ、飲みものを口に含む。しゅわ、とした感覚が舌の上で弾けた。

「……あ」

　ふわり、とラベンダーの香りが漂った。雪麗が顔をあげると、そこには香りのとおり、淡い紫のドレスをまとった淑女が立っている。鮮やかな赤い髪は緩やかに結いあげられていて、肩口に垂れ落ちた巻き毛が艶を持って輝いている。

「ご夫婦、仲がおよろしいのは結構ですけれど、ここは舞踏会ですのよ？」

　どこか、戯けた口調で淑女は言った。

「ヒューバートさま、ご紹介くださらないの？」

　ああ、とヒューバートはうなずいた。雪麗の腰に手をまわし、引き寄せる。

「こちらは、妻の雪麗。雪麗、こちらはブレンダ嬢だ」

「はじめまして」

　雪麗はドレスを抓んで挨拶をし、ブレンダもそれに応えた。

「素晴らしい、黒髪《ブルネット》をしていらっしゃるのね」

　ブレンダは、感嘆したように言った。

「ブルネットと言うにも足りないわ……まるで、夜の闇のよう……ガス灯で照らされた夜じゃないわよ。星がはっきり見える、カントリー・ハウスでの夜」

　うたうようにブレンダは言って、そしてふふと意味ありげに笑った。

「雪麗さま、教えてあげる」

　その意味を含んだような笑みをヒューバートにも向けながら、ブレンダは言った。

「わたしはね、ヒューバートさまをお慕いしていたのよ」

どきり、と雪麗の胸が鳴った。大きく目を見開いてブレンダを見ると、彼女はいたずらめいた表情で雪麗を見る。

「いいえ、今もお慕いしていると言ってもいいわ。結婚なさったからって、気持ちが冷めるなんてことはないものね」

「そ、うなの……ですか」

震える手から、グラスが落ちないようにと努力した。ブレンダは手袋をはめた手を差し出して、ヒューバートに向ける。

「だから、せめてダンスのお相手くらいしてくださってもいいのじゃない？」

ブレンダは、笑みのまま反応を窺うように雪麗に目をやった。

「雪麗さまも、いいですわよね？　ダンスくらい、お許しくださいますわよね？」

「ええ……、ヒューバートさまがよろしければ」

目の前で夫への想《おも》いを告白された妻は、どのような反応をすればいいのだろう。雪麗は戸惑いながらうなずいて、するとブレンダは表情を輝かせた。

「ヒューバートさまも、ご異存はなくて？」

「ここは舞踏会だ」

どこか、むっつりとした口調でヒューバートは言った。

「男と女が踊るのに、理由はいらないだろう。あなたが、望んでくださるなら」

ふたりは手を取った。古めかしいメヌエットが流れている。ふたりは広間の真ん中に歩んでいって、そして流れるようなステップで踊り始めた。

ブレンダの、淡い紫のドレスが揺れる。赤い巻き毛が翻る。それをリードするヒューバートの足取りは確かで、ふたりのダンスはたちまち衆目を集めた。

雪麗も週に三度、師について学んでいるとはいえ、目の前のふたりは確かに手本とすべき素晴らしい踊り手で、雪麗は羨望《せんぼう》とともに胸の奥に突き刺さる刺を感じた。

(わたしでは……無理なのかしら)

ひとりきり、立ち尽くしたまま雪麗は胸の痛みと闘った。

(あのように、ヒューバートさまと踊ること……ヒューバートさまと釣り合う存在であること……しょせん、わたしには荷の重いことなのかしら……?)

ヒューバートには、そばにいてくれるだけでいいと言ってもらった。それでもブレンダと踊るヒューバートを見ていると、自分は不釣り合いな存在なのではないかと感じてしまうのだ——ふたりが、あまりにうつくしいから。

「義姉さま！」

そのようなことを考えているところに声がかかって、驚いた。振り返るとそこにはカルヴインがいて、にこやかに雪麗のもとに歩み寄ってくる。

「兄さまも、ひどいな。奥方を放っておいて、独身の美女と優雅にメヌエットとは」

「あのかたは、ヒューバートさまのお友達でいらっしゃるようですから」

できるだけ動揺を隠して、雪麗は言った。

「妻としか踊ってはいけないということはないでしょう？　わたしは……不調法者ですから」

「なにをおっしゃいます」

目の前に、カルヴィンの手が差し出された。

「義姉さまも、素晴らしいダンスを見せてくださいます。今は、僕と踊っていただけませんか？」

雪麗はためらいながら、顔をあげた。ヒューバートとブレンダが、にこやかに目を見交わしながら踊っている。胸の刺が鋭くなった。雪麗は、カルヴィンの手を取る。

「ありがとうございます」

ふたりはメヌエットの間に加わった。師やヒューバート以外の男性と踊ったこともあるし、カルヴィンと踊るのも初めてではない。しかし胸が痛むのは、ブレンダがヒューバートへの想いを聞かせたからだろうか。ヒューバートがほかの女性に気を移すと心配しているわけではないし、仮にそんなことがあったとしても雪麗はなにも言うべきではない。それでもこれほど胸が痛いのは、なぜなのだろう。

雪麗の足は、うまく動かなかった。日々鍛錬に励んでいるはずなのに、まるで初めて外国のダンスをしたときのようにおぼつかないのだ。

「あ、……、っ、……！」

雪麗は声をあげた。カルヴィンの足を踏んでしまったのだ。慌ててカルヴィンに謝って、彼は笑って許してくれたけれど雪麗は申し訳なくて仕方がない。

「すみません……、わたし。こんな……」

「誰でも、調子の悪いことはあります」

カルヴィンは笑って、そう言った。

「お気になさらないで。楽しく踊れば、それでいいのですよ」

しかし雪麗は、楽しい気分にはなれない。その理由を懸命に探していた雪麗の耳に、くぐもった声が聞こえてきた。

雪麗は、はっと振り返る。広間の隅の椅子に座っているブラッドリーが、咳き込んでいる。まわりの者たちが慌てているのが目に映った。

「お義父さま！」

とっさに、雪麗はカルヴィンの手を離した。慌てて駆けて、ブラッドリーのもとに行く。

「お義父さま、こちらを……」

ドレスの隠しに入れていた、小瓶を取り出す。気つけ薬を入れるためのものだけれど、雪麗はそれに丹参と赤芍薬を煎じた薬を入れておいたのだ。

ブラッドリーは、大きく咽喉を鳴らした。人の多い場所に来て、血脈が乱れたのだろう。彼は雪麗を見あげ、うなずくと瓶の中身を干した。

「苦いな」

冗談めかした口調でそう言ったブラッドリーに、ほっとした。少し、症状がましになったのだ。

「煎じ薬の苦さには、慣れることはないだろうな」

「良薬苦于口（良薬《りょうやく》は口《くち》に苦《にが》し）、而利于病（而《しか》るに病《やまい》に利《り》あり）」

雪麗は思わず口走り、ブラッドリーを含めたまわりの皆が不思議そうな顔をするのに慌てた。

「体にいい薬は、口には苦いものなのです」

そうか、とブラッドリーは言って、笑った。雪麗も微笑み、空《から》になった小瓶を隠しにしまう。

「それが、魔女の技ですか」

聞こえた言葉に、はっとした。顔をあげると、しかしそこにあったのは以前魔女だと罵られたときのような嫌悪の表情ではなく、純粋な好奇心に満ちた少年のような男性の顔だった。

「噂には聞いていましたが、なるほど……あなたは、優秀な医師でいらっしゃるようだ」

「そのような、立派なものではありません」

うつむいて、雪麗は言った。

「お義父さまの症状は、拝見しておりましたから……用意してまいっただけなのです」

「魔女とは、賢い女性のことを指します」

別の男性が、そう言った。

「特に薬草に詳しく、ひと目見ただけでどのような効能があるかわかると言います。あなたは、そういう意味では本当に魔女なのでしょう」

魔女、という言葉が忌まわしかった。嫌悪の目で見られることが辛かった。しかしここでは、魔女という言葉が別の意味で使われているのだ。雪麗を讃美する言葉となっているのだ。

「ベイツ氏は、患われて長い」

雪麗を、魔女と呼んだ男性が言った。

「ですが、あなたがいれば間もなくよくなるでしょう。以前のように壮健に働かれるのも遠い日ではないでしょう」

「そんな……」

あのときとは一転、賞賛されることに雪麗は戸惑っている。まわりを人が囲み、どこで医術を学んだのか、どのような病なら治せるのか、さまざまな質問を投げかけてくる。答えるにもめまぐるしい状況に戸惑いながら、顔をあげた雪麗は青い瞳がこちらを見ているのに気がついた。

（ヒューバートさま……！）

彼の胸に飛び込んで、今の状況から逃げ出したい。しかしそうするわけにもいかず、しどろもどろになりながら質問に答えた。

「父上」

そんな中、声をかけてきたのは雪麗を見つめていたヒューバートだった。

「お加減が心配です。今日は、もう失礼いたしましょう」

「しかし、久しぶりにこのような場に出たのだ」

ブラッドリーは、眉根を寄せて言った。

「雪麗の薬で、楽になったのだ。もう少し、華やかな空気を味わわせておくれ」

「いけません」

まるで、父子が逆になったかのようにヒューバートは言った。

「このような機会は、またあります。雪麗も、言っていたでしょう？　薬を飲めば一朝一夕に治るものではない。また倒れて、病院のベッドに縛りつけられてもいいのですか？」

ブラッドリーは、言葉に詰まった。彼の友人らしき男性たちも、帰宅を促す。先ほどの咳からしても、ブラッドリーは静かに横になっているのが一番なのだ。ブラッドリーは腰をあげることにしたらしく、雪麗はほっとした。

「また、お招きください」

未練を残したように、ブラッドリーは言った。

「次は、きちんと体調を整えてくるよ。うちには、優秀な医師もいることだしね」

ブラッドリーは雪麗を見て、目が合って思わずうつむいてしまう。

(医師だなんて……そんなものじゃないのに。ただ少し、薬を扱えるだけだわ)

悪しざまに魔女と呼ばれることには傷つけられたけれど、あまり持ちあげられることにもためらいがある。そんな雪麗の手を、ヒューバートが取った。

「私たちも、戻ろう。おまえも、顔色がよくない」

「え……？　わたしが？」

雪麗は、なにもしていない。舞踏会に来ていながら、ろくに踊りもしていないのだ。しかしヒューバートは心配そうに雪麗を見ていて、自分では感じない疲れが顔に出ているのかもしれないと思った。

顔をあげると、赤い髪を少しだけ乱したブレンダがこちらを見ていた。薄く微笑んでいるのは、ヒューバートと踊れたからか。彼女のその表情に、雪麗は初めてヒューバートと踊るブレンダを見ていたときに感じていた胸の痛みが嫉妬《しっと》であったと気がついたのだ。

(ヒューバートさまは……、わたしだけのかたであってほしい)

彼に手を取られ、回廊を歩きながら雪麗は思った。

（ほかの誰にも、触れてほしくないの。誰の手も、取ってほしくないの……）

そのような気持ちを、ヒューバートに知られるのは恥ずかしかった。心のうちが顔に出ていないことを祈りながら雪麗は歩き、ヒールの音を立てながら馬車に乗る。ブラッドリーにはカルヴィンがつき添って、もう一台の馬車の中に消えていく。

「どうした？」

動き始めた馬車の中、ヒューバートが声をかけてくる。雪麗は、はっとして彼を見た。

「なにがですの？」

「気分が悪いのか？　それとも、悪いのは機嫌か？」

「機嫌が悪いですって？」

驚いて、雪麗は聞き返した。ヒューバートは心配そうな顔をして雪麗を見つめている。

「どうして、機嫌が悪いなんて……」

「そのような顔をしていると思って」

ヒューバートは手を伸ばしてきて、雪麗のそれを握った。骨張った手の、低い体温が伝わってくる。それに体中を包まれたような気になって、雪麗はほっと息をついた。

「もっと、あの場にいたかったか？　しかし、父上があのような状態で」

「いいえ、そういうわけではありませんの」

慌てて、雪麗は言った。

「むしろ、帰ることができてよかったですわ……ああいう場は、なかなか慣れませんわ」

「まぁ、そう言うな」

苦笑して、ヒューバートは言った。

「社交というものは、なかなかに侮れない。あのような場でつながりを持つことが、のちのちの仕事にも関係するのだからな」

「それは……、わたしの国でも、そうでしたけれど」

飲食をともにし、同じ芝居を見る中で政治的な話が進められていたことも、雪麗は知っている。知ってはいるが、自ら乗り込もうとは思わない。女には関係のない場であること、さらにはヒューバートを独占したいという気持ちに気がついてしまった今では、なおさらだ。

「それに、皆さまが……魔女と呼ばれるのには慣れましたけれど、あのような反応をお見せになるとは思わなかったものですから」

「あの場の皆は、ものごとをよくわかっている」

ヒューバートは、ため息とともに言った。

「人間のレベルというものは出るものだな。私が招かれる舞踏会では、おまえは悪魔扱いだった。しかし父上のまわりにおいでになるかたがたは、あの反応だ」

そんな、と雪麗はヒューバートの手を握り返す。

「私の人徳が、まだまだなのだな。それに、おまえを巻き込んでしまって」

「そのようなこと、気にしてはおりませんわ」

そのとき抱《いだ》いた動揺を押し隠し、雪麗は言いつのる。

「わたしが、この国のかたがたには馴染みのない薬を扱うのは本当ですもの。それを受け入れてくださるかどうかだけで……」

「それを受け入れられる、器の大きな人間とつき合いたい」

呻くように、ヒューバートは言った。

「それが可能な、立派な人物にならねば……おまえのためにも」

雪麗は、そっと彼の名をささやいた。ヒューバートには聞こえていなかったらしいけれど、雪麗の胸には今は刺ではなく、温かいものが宿っている。

「ヒューバートさま、愛しておりますわ」

そう言うと、ヒューバートは驚いたようにその青い瞳を見開いた。

「そのような、向上心……学ぶべきところの多い、尊敬すべきお人と考えます」

「おまえが、そのようなことを言うとはな」

ヒューバートは苦笑している。

「そのような言葉を、聞かせてもらえるとは思わなかった」

「あら、わたしはいつでも申しあげているではありませんか」

「閨ではな」

そう言って、ヒューバートは雪麗を赤面させた。

「おまえも、この国の風習に慣れてきたか？　それとも、本心からか？」

「……本心に決まっていますわ」

雪麗は、少し唇を尖らせた。そこに、まるで子供がするようなちゅっと音の立つくちづけをされて、雪麗は目を見開いた。

「こういうことは、おやめください……」

「いやか？」

最初のころ、彼の仏頂面を恐れていたことが嘘のようだ。ヒューバートは雪麗をからかい、雪麗もそれに応えている。このような戯れを交わす日が来るとは思わなかった。

「いやなわけ……ありません」

雪麗は背を伸ばし、自分からもくちづけをした。触れるだけのはずだったのに、すかさずヒューバートの手が背に伸びてきて、雪麗をつかまえた。逃げることができず、揺れる馬車の中で深いくちづけを交わすことになった。

□

兄から贈られた薬箱を、雪麗は前にしていた。

抽斗を開けて、中身を確かめる。眉間に皺を寄せている雪麗に、召使いの声がかかった。

「どうなさったんですの？」

「足りないのよ」

召使いは、首を傾げて雪麗の手もとを覗き込んでくる。いろいろなことがあるけれど、この程度は召使いたちも慣れたのだ。

「お義父さまの、病状。気が停滞している……血を活性化させなくてはいけないのだけれど、丹参と赤芍薬だけでは一時的に症状を抑えるだけだわ」

黙って召使いは雪麗の話を聞いていたけれど、わけがわからないというように首を傾げている。

「菊花と黄芩《おうごん》も入れているのだけれど、症状の改善が見られないの。血を吐くほどひどくはないのだけれど、脈も落ち着かないままだし」

「さようですか……」

なんと反応していいのかわからないらしい召使いは、生返事をした。彼女が去っていくのを感じながら、雪麗はなおも抽斗の中身を確認する。

(懐牛膝《かいごしつ》が必要だわ……)

唇を噛んで、雪麗は呻く。

(血《けつ》の流れを下に向けなくては)

昨日も見せてもらった、ブラッドリーの症状は少しはよくなっている。しかし気になるところはさまざまにあって、健康体だとは言いがたいのだ。

(そして、没薬《もつやく》……これは、どうしても必要。血瘀を散らして、殺菌作用をもたらさないと。ほかの薬の効き目も、充分ではなくなる)

故国の家にはあったものだ。必要なものだと知っていたら、抽斗に入れてきたのに。ないことが、悔やまれた。

(でも……)

抽斗を閉めながら、雪麗は考えた。

(没薬くらいなら、こちらにもあるかもしれないわ。没薬は、非洲《アフリカ》の産出。こちらにも伝わってきているかもしれない)

雪麗は立ちあがる。部屋を出て、ヒューバートの書斎を訪ねた。

「ヒューバートさまは、お出かけになりました」

執事にそう聞かされて、ため息をつく。この昼間から、ヒューバートが在宅しているほうが稀《まれ》なのだ。薬種屋を訪ねたかったのだけれど、誰に尋ねればいいのだろうか。

「案内してくれないかしら?」

執事に問うと、今は手が離せないと言う。ヒューバートの帰宅を待てばいいのかもしれないけれど、一刻も早くブラッドリーの症状をよくしたい。

「カルヴィンさまにお願いされてはいかがでしょうか？　お部屋にいらっしゃると思いますが」

「ああ、そうね……」

雪麗はきびすを返し、カルヴィンの部屋を訪ねる。果たして彼は書斎机に向かって分厚い本を広げていた。

「薬種屋に、連れていってくれないかしら」

雪麗の突然の願いに、カルヴィンは笑みとともに応じてくれた。

「父さまの薬ですか？」

「ええ。没薬というの……懐牛膝もあればいいのだけれど」

「そのような薬を扱っているかどうかはわかりませんが、心当たりの薬種屋を当たってみましょう」

ドレスを着替え、コルセットを改めて締めあげられて。ボンネットを被《かぶ》って支度を整えると、カルヴィンも装いを整えて待っていてくれた。馬車に揺られて、三十分ほど。どことなく薄暗い通りの奥で、馬は停まった。

看板には、薬瓶の絵が描いてある。カルヴィンは慣れた調子で扉を開けた。

「来たことがあるの？」

「そりゃ、父さまの薬の使いに何度も来ていますからね」

それはそのとおりだ、と雪麗は思いながら扉をくぐる。中も薄暗くて、奥には気難しそうな顔をした男性が薬瓶を磨いていた。

「久しぶりだね」

カルヴィンの挨拶に、男性は顔つきどおり無愛想な返事をした。しかしカルヴィンはこたえた様子もない。

「兄さまの、奥方だ。薬に詳しくていらしてね」

カルヴィンがそう言うと、店主らしき男性は興味を示したようだ。暗い色の瞳でじっと雪麗を見る。

「父さまの病を治すために、必要な薬があるそうだ。なんとおっしゃっていましたっけ、没薬……？」

「ええ」

店の雰囲気に呑まれていた雪麗は、自分がここまで連れてきてもらった理由を思い出してうなずく

「没薬と、懐牛膝。あるかしら？」

「没薬はあるよ」

やはり愛想のない調子で、店主は言った。

「木乃伊《ミイラ》作りにも使われた、殺菌薬だ。しかし、懐牛膝というのは知らないね」

(やはり、この国にはないのかしら……)

懐牛膝がないとなると、それがなければブラッドリーの病が治ることがないように思えてしまう。たった一種の薬がないくらいで治らないなどということはない、要はブラッドリーの体と意思が大切だ。それはわかっているはずなのに、雪麗は慌ててしまう。

「では……、没薬だけでも」

店主は、面倒そうに雪麗たちに背を向けた。棚を開け、わざとかと思うほどにゆっくりとさまざまな瓶や箱を探り、雪麗にもどかしい思いをさせる。

「確かに、没薬の香りだわ」

出てきた茶色い粉の入った瓶に鼻を近づけ、雪麗は言った。店主がむっとっした顔をしたのは、雪麗が彼を疑ったと思ったのかもしれない。

「これをいただきたいの。包んでくださる?」

店主は、やはり無愛想にセロファン紙を出してきて、薬を包んだ。相変わらず愛想はないけれど、手つきには問題なかった。

カルヴィンが、ソヴリン金貨を三枚出した。店主は受け取り、ペニー銅貨を何枚か彼に渡す。雪麗は、大切に薬の入った紙袋を手にする。欲しいものすべてが手に入ったわけではないけれど、これでブラッドリーの症状も、少しはよくなるはずだ。

「嬉しそうですね、義姉さま」

再び場所に乗り込む雪麗に、カルヴィンが声をかけてきた。

「それはそうよ。お義父さまのお役に立つかもしれないことだもの。これで、少しはよくなってくださったらいいのだけれど」

「父さまが羨ましい」

雪麗の向かいに座ったカルヴィンは、ため息をついた。

「兄さまもね」

「あら、なぜ？」

紙袋を大切に抱えながら、雪麗は問うた。

「お義父さまは、お辛いのを耐えていらっしゃるのよ？　それが、羨ましいって？」

「そうやって、義姉さまに構っていただけることが、です」

慌てたように、カルヴィンは言葉を継いだ。

「僕も、体調を崩せば義姉さまに面倒を見ていただけるのかな？」

「それは、もちろん」

馬車が揺れて、慌ててつり紐に摑まりながら雪麗は言った。

「わたしの知識の、及ぶところなら。義弟を放っておくような、薄情な義姉に見えて？」

「そういうわけではありませんが」

カルヴィンは、にやりと笑った。

「義姉さまに看病していただくのは、どんなに楽しいかと思いましてね」

「まぁ、病に冒されるのが楽しいなんて」

雪麗は、憤慨した。

「お義父さまのお苦しみを、見ていないの？　あんな目に遭いたいと思うの？」

「苦しいのは、勘弁こうむります」

とんでもない、というようにカルヴィンは肩をすくめた。

「あのような目に遭うのは、ごめんですよ。しかし義姉さまのお手ずからお薬をいただくのは、魅惑的だ」

「なにを言っているの……」

カルヴィンの言いたいことがわからない。眉根を寄せる雪麗に、カルヴィンはいたずらめいた笑みを見せる。その笑みは、彼の兄に似ていると思った。兄弟なのだから、あたりまえなのだけれど。

「わたし、国のお兄さまにお手紙を書くわ」

懐牛膝のないことが気になって仕方のない雪麗は、カルヴィンに言うともなく言った。

「足りない薬を、送ってくださいって……きっと、お兄さまはすぐに送ってくださるはず」

「そうだといいですね」

カルヴィンは、意味ありげにそう言った。雪麗が彼を見ると、その笑みはそのまま、なにかを考えているように見えたのは、気のせいだっただろうか。

□

没薬の味は、今までの薬以上にブラッドリーの口には合わなかったようだった。

深く眉間に皺を寄せながらカップの煎じ薬を飲み終えたブラッドリーは、ため息をついた。

「まったく、苦い薬ほど効くというのは本当なのだろうな」

「それは、そういうものですもの」

寝台の上に起きあがったブラッドリーは、息子ふたりと義娘に囲まれている。彼らの顔を見まわしながら、ブラッドリーはまた息をつく。

「面倒をかけるな」

「そのようなことは、ございません」

雪麗とふたりきりのときには、甘やかすような笑みを見せてくれるようになったヒューバートだけれど、こういう場ではもとのままの彼だ。それを少し残念に思いながら、雪麗はブラッドリーに話しかけた。

「本当は、懐牛膝という生薬があればもっといいのですけれど……人をやってほうぼうを探させましたけれど、こちらの国にはないみたいで」

でも、と雪麗は言葉を続ける。

「故国のお兄さまに、お手紙を書きましたの。懐牛膝を送ってくださるようにって。きっとお義父さまがロンドンにいらっしゃる間に、届きますわ」

「それなら、嬉しいのだが」

わずかに咳き込みながら、ブラッドリーは言った。

「それがあれば……この忌々しい病ともお別れなのだな。早く、その日が来てほしいよ」

必ず、と雪麗にも断言はできなかった。しかし励ますことはできる。

「病打心上起（病は打心上《こころもち》から起こる）……病は気持ちからも生まれます。お気を確かに持って、元気に努めてください」

雪麗の言葉に、ブラッドリーはうなずいた。雪麗は空《から》になったカップを受け取り、召使いに手渡した。そしてまた雪麗は、ブラッドリーの顔を覗き込む。

「お顔の色が、少しよくなっていらっしゃったような？　舌を見せていただけますか？」

ブラッドリーは、素直に舌を出した。以前見たときの紫の斑点も薄くなっているように見える。とはいっても、少しましになったという程度だ。

少しの間薬を飲んだからといって、すぐに治るものではないということは雪麗が一番よく知っている。ブラッドリーによくなってほしいという願望が、彼の顔色がよくなったと感じさせているのかもしれないけれど、それでもやはり、初めて彼を見たときとは違う。

「どうだ？　私は、回復しているか？」

「それは、お義父さまが一番よくご存じなのではありませんか？」

少し戯けて、雪麗は言った。

「ご気分はいかがですか？　咳はまだあるようですけれど、ひどいときと比べて、どのような感じをお持ちですか？」

「よくなっている……ように、感じる」

慎重な口調で、ブラッドリーは言った。

「咳も、おまえの薬を飲む前よりは苦しくないように思う。……気のせいかもしれないが」

「その、気のせい、が大事なのですわ」

雪麗は、ブラッドリーに微笑みかけた。

「どうぞ、元気になった……お元気なころのご自分を思い描いてくださいませ。それが、なによりの薬ですわ」

「もう、忘れてしまったな」

ため息とともに、ブラッドリーは言う。

「この病を患って、どのくらいになるか……ヒューバートが大学《カレッジ》を出た年だったのは幸いだった。そうでなければ、この家は傾いていたかもしれないのだからな」

ということは、ヒューバートは大学を出たばかりの若い身空から百戦錬磨の社会の者たちに相対《あいたい》してきたということだ。今はもうそうではないけれど、ヒューバートがすげない理由もわかるような気がした。

「おまえには、感謝しているよ。雪麗」

ブラッドリーは、目を細めてそう言った。

「私の病のことばかりではない。ヒューバートは、子供のころは明るすぎるほどの朗《ほが》らかな子だったのだ。それが、大人になったとたん、笑顔など忘れてしまったかのようで……それが私のせいだということはわかっているけれど、私にもどうにもしてやれなかった」

ブラッドリーも、雪麗と同じことを考えているようだ。彼の言葉に、雪麗は耳を傾けた。

「せめて、妻が……あれの母親が、生きていてくれればよかったのだろうけどな。それも叶わない中、感情を表に出さない子になってしまって……しかし」

ひと呼吸置いて、ブラッドリーは雪麗をじっと見た。

「おまえが来てくれてから、あれは変わった。笑顔を見せるようになった。結婚式以来ここに戻ってきて、私は驚いたよ。食事も、食べたいものを言うようになった。以前は、食事というよりもただ栄養を摂取しているだけというようなありさまだったからな」

雪麗は、ヒューバートと食事をともにしたことがなかった。彼は雪麗よりも早く起きて、いつの間にか書斎に籠もっていたり外出していたりする。晩餐も同様だ。カルヴィンが相伴してくれるときはあっても、ヒューバートと食卓を囲んだことはなかったのだ。

「こちらに戻ってきてから、ヒューバートとはいろいろと話をした。仕事の話ばかりだが、あれの表情が豊かに……子供のころほどとは言わないが、感情を示すようになっていることに驚いたよ。どう考えても、あれはおまえの影響だ」

「そんな、こと……」

雪麗は口ごもった。自分はなにもしていない。体調を崩した召使いやブラッドリーになら、多少なりともなにかをしたと言えるかもしれないけれど、ヒューバートに影響を与えることなどなにもしていないのだ。

「わたしは、なにも……」

ブラッドリーは微笑んだ。それは故郷の父を思い出させる優しい笑みで、雪麗はそれに見とれた。

「いや。おまえのおかげだ。雪麗」

はっきりとした口調で、ブラッドリーは言う。

「おまえが来てくれたおかげで、この家の空気は変わった……魔女騒ぎなどあったらしいが……今はもう皆わかっている。メイドたちも、着飾らせて愛《め》でる存在ができたことが嬉しいらしい。コックも、おまえが食事の感想を言ってくれることが励みになっているようだ」

雪麗は、ただまばたきをした。なんと答えていいものかわからなかったからだ。今は雪麗は、この家で自由にさせてもらっている。歌やダンスのレッスン、そして息ができなくなるほどコルセットを締めあげられるという義務はあるものの、今では皆、雪麗に親切に、好意的に接してくれている。

「わたしこそ、こんな……なにもお役に立てないわたしなのに」

胸に手を置いて、雪麗は言った。

「皆さま、よくしてくださって……わたしは、その……外国人で」

「魔女と呼ばれていたことか？」

どきりとした。雪麗が目を見開くと、ブラッドリーは苦く笑った。

「そのようなことを言う者があるのも、聞いている。そういう輩から守ってやれなかったのは、すまなかった。しかしおまえは、それをひとりで乗り越えたようだな」

「ヒューバートさまが、おいでだからですわ……」

少し掠れた声で、雪麗は言った。

「ヒューバートさまが、かばってくださったからですわ……皆が、わたしを魔女と恐れる中、そうではないとおっしゃってくださって。ヒューバートさまがわたしを守ってくださらなかったら、どうなっていたか……」

雪麗の言うことを、ブラッドリーは微笑みとともに聞いていた。ヒューバートのことを話していると、目の前にいない彼が恋しくなる。なんでもいい、話をしたい。なんなら、今までともにしてこなかった食卓を囲んでみたい。この家のコックの素晴らしい腕前に舌鼓を打つヒューバートの姿が見てみたいのだ。

「おまえたちは、似合いの夫婦ということだな」

微笑みとともに、ブラッドリーは言った。

「おまえが来てくれて、本当によかった……いろいろな面でだ。私は、そう思うよ」

「そう言ってくださって、嬉しいです」

雪麗はドレスを抓み、礼を取った。

「お義父さまがおっしゃってくださるような、たいそうなことはしておりませんが……喜んでくれるかたがおいでなのは、それだけで嬉しいです」

胸の奥には、温かいものがともっている。懐かしい故郷からは遠く離れた国だけれど、ここには雪麗の居場所がある。自分はここにいていいのだと、ブラッドリーが請け合ってくれたようで、心の灯火《ともしび》はゆらゆらと雪麗を励ますように揺れていた。

□

熱い息を吐いて、雪麗は涙の満ちた瞳を見開いた。

寝台の脇の小机にランプが置いてあるだけの、頼りない灯りの中。雪麗は、なにもまとっていない体を小刻みに震わせながらかたわらを見た。

ふたりだけの寝室で、雪麗はヒューバートの裸体を見ている。張りつめた肌は微かに汗ばんでいて、それが艶めかしく目に映った。

「……、……」

彼の名を、呼ぼうとした。しかし声が掠れて出なかった。雪麗は目だけをヒューバートに向けていて、だから彼が呼びかけてきたことに、はっとした。

「父上の薬は、まだ届かないのか」

「……ええ」

途切れ途切れの声で、雪麗は答える。

「ティークリッパーに乗せたから、もうとうに届いているはずだ。向こうからの便も、こちらに到着していてもおかしくない」

紅茶を運ぶための快速船だ。それぞれが速さを競っているティークリッパーなら、確かにヒューバートの言うとおりもう往復してもいいだけの時間が経っている。

「事故でも、起こったのでしょうか」

雪麗のつぶやきと同時に、ヒューバートは手を伸ばしてきた。抱きしめられて、直接感じる肌が心地いい。雪麗は、息を吐いた。

「緊急であることは、お手紙に書きましたわ。お父さまやお兄さまが、それを無視なさることはないと思うのですけれど……」

「それはもちろん、そうだろう」

湿った雪麗の肌に、指を這わせながらヒューバートは言った。

「おまえの言うとおり、事故かなにかで届いていないのかもしれない……早く、父上の体に効く薬が届けばいいのだが」

「もちろんですわ。そのためには、わたしはなんでもしますわ」

ひくん、と体を震わせながら雪麗は答える。

「わたしにできるのは、それくらいですもの。お義父さまのお力になるのなら……いくらでもいたしますわ」

ヒューバートの手が、雪麗の乳房を辿る。そっと力を込められて、ひくんと反応する体にくちづけながらヒューバートは言った。

「雪麗。おまえほどの妻は、考えられないな」

「そんなこと……」

ヒューバートが、ブラッドリーをたいそう心配しているのはわかっている。そんな父親思いの彼に、雪麗も応えたいと思うだけなのだ。

「愛している……」

彼のささやきに燃えあがるような思いを感じながら、雪麗は目を閉じた。

第四章　義弟の陰謀

毎日の郵便配達を、雪麗は心待ちにしていた。呼び鈴が鳴れば足がひとりでに裏口に向いてしまうほどだ。貴族の女主人が自ら出てくることに郵便配達人は驚いていたけれど、今ではもう慣れたものだ。

「今日も、来ておりませんでしたの？」

そう尋ねてきたのは、召使いのマーガレットだ。雪麗は、手紙の束を手にうなずいた。

「来るのは、舞踏会の招待状ばかりだわ。お兄さまからの荷物が、もう届いていいころなのに……」

「ブラッドリーさまの、お薬なのですよね？」

マーガレットの言葉に、雪麗はうなずいた。

「やっぱり、懐牛膝がなくてはだめだわ。川弓《せんきゅう》も……お父さまは少しずつよくなっていらっしゃるけれど、本当にゆっくりなの。懐牛膝があればすぐにというわけではないけれど、でも……」

独り言のような雪麗の言うことに、マーガレットはうなずいている。

「ごめんなさい、わけのわからないことを言ったわね」

「いいえ。雪麗さまのおっしゃることは、興味深いですわ」

本当にそう思っているのかどうかはわからないけれど、マーガレットの気遣いは雪麗を微笑ませてくれた。

「このお手紙は、カルヴィンさま宛てだわ」

一通の、封蠟《ふうろう》で留められた封筒を目に雪麗は言った。

「お届けしてくるわ。今日は、まだお部屋にいらっしゃったはず」

「そんな、わたしがまいります」

手を出してくるマーガレットに、雪麗は首を振った。

「いいの。あなたは忙しいでしょう？　ご挨拶がてらに、行ってくるわ」

「そうですか？」

マーガレットは恐縮していたけれど、雪麗は笑って部屋を出た。果たしてカルヴィンは自室にいて、雪麗を愛想よく迎えてくれた。

「わざわざ申し訳ありません」

封筒を受け取ったカルヴィンは、差出人を見て少し眉をひそめた。好ましい相手からの手紙ではなかったらしい。

「義姉さまのお待ちの荷物は、まだなのですか？」

「そうなの」

まさに気にしていることを言われて、雪麗はため息とともにうなずいた。

「お義父さまに、飲ませて差しあげたいのに。お兄さまが怠慢をなさっているとも思えないのだけれど」

「義姉さま」

手紙を机の上に置いて、カルヴィンは言った。

「いっそのこと、義姉さまがおいでになっては？」

カルヴィンの言ったことが、最初はわからなかった。雪麗は目を見開いて彼を見て、その青い瞳に真面目《まじめ》な色があることにはっとした。

「義姉さまが、お国においでになるのですよ。直接お兄さまにお会いになって、その薬とやらをお受け取りになれば」

「それは……」

思いもしなかったことだったので、雪麗は啞然とした。しかし考えれば、毎日来るかどうかわからない郵便を待っているよりもそのほうが早いかもしれない。同時に久しぶりに、二度と会えないと思っていた家族の顔を見られるかもしれないことが嬉しい。

「でも、ヒューバートさまがお許しくださるかしら？」

「僕からも、頼んでみますよ」

うなずいて、カルヴィンは言う。

「なにせ、ことは父さまの病気だ。兄さまだって、父さまに一日でも早くよくなってほしいとお考えのはずだから」

「それは、そうでしょうけれど……」

しかし、旅は危険だ。海で命を落とす者も少なからずいる。ヒューバートが、雪麗の船旅を許すだろうか。

「言ってみなくてはわかりません」

雪麗の背を押すように、カルヴィンは言った。

「繰り返すようですが、父さまの病気のことですからね。兄さまも無下にはなさらないでしょう」

「……ヒューバートさまは、いつお戻りかしら？」

そう言うと、カルヴィンは首を捻った。

「夜にはお戻りでしょうが……いつと、はっきりとは」

「お戻りになったら、伺ってみるわ」

雪麗の心は、故国に戻ることに向いている。今まで考えもしなかったからこそ、その着想は雪麗の心を占めてどうしようもなくなった。

「ヒューバートさまは、お忙しいから……わたしだけでも。故郷へ……」

「そのときは、僕がお供しますよ」

明るい声でそう言ったカルヴィンを、雪麗は見やった。

「義姉さまおひとりで行かせるなんて、とんでもない。もちろん、僕がお供いたします」

「でも、カルヴィンさまもお忙しいのに……」

「なに、僕のことなどお気になさらず。次男坊に大切な用があることなど、そうそうない」

そう言って、カルヴィンは先ほど机に置いた手紙を見た。開封する様子がないのは、たいした内容ではないからだろうか。

「もちろん……わたしが帰ることができたら、一番いいけれど」

そのような願いが、叶うのだろうか。雪麗は胸に手を置いた。燦々《さんさん》と明るい陽が差し込む窓の向こうを、そっと見た。


やはり、ヒューバートの答えは「NO」だった。

「故郷まで、船旅だって？　それがどんなに危険なことか、わかっているのか」

「それは……、覚悟しておりますわ」

ヒューバートの厳しい口調に、たじろぎながら雪麗は言った。

「でも、お兄さまからお薬も……連絡さえもないのですもの。お義父さまのお薬のことがなくても、お兄さまの消息が心配ですわ」

「それはそうかもしれないが」

腕を組んで、ヒューバートは考えるそぶりを見せた。

「しかしやはり、おまえをやるわけにはいかない。万が一にも、おまえを失うようなことがあっては……！」

ヒューバートが心配してくれるのは嬉しいことだ。密かにその喜びを噛みしめながら、なおも雪麗は言いつのった。

「ですが、カルヴィンさまがお供くださると。ひとりではないのですもの。危険はありませんわ」

「なにを言っている。私が言うのは、海難事故に巻き込まれたときのことだ。嵐《あらし》にでもなってみろ、カルヴィンにいったいなにができる」

「それでも……」

ブラッドリーに飲ませる薬を手に入れたい。彼が元気に歩く姿を見たい。咳き込んで苦しそうにしているのは、もう見たくない。

「とにかく、旅は反対だ」

断固とした口調で、ヒューバートは言った。

「おまえが、父上のことを心配してくれているのはよくわかる……感謝している。しかし、海を越えることは許さない。おまえを失うかもしれない私のことも、考えてほしい」

「ヒューバートさま……」

そのように言われると、雪麗にはもうなにも言えなかった。すごすごとヒューバートの書斎から去り、自室に戻って考える。

（お許しが出ないのなら……私の代わりに、誰かをやる？　いいえ、それではだめだわ。その誰かを危険に晒すことには変わりがないもの）

それに、どうせこちらから出向くのだ。手にするのが確かに求める薬であることを、自分で確かめたい。そして、故郷の家族に会いたい。

それが大きいのかもしれない。いったん里心がつくと、父に母に、兄に会いたくてたまらなくなった。雪麗は整えられた寝台にぽすんと飛び込み、大きく息をついた。

家族に会いたいという思いを伝えれば、ヒューバートはますます反対するだろう。仮にも貴族の女主人が、実家を恋しがるなんて――それに、毎晩の社交は義務だ。出席できないことは、義務を放棄することだ。そのようなことはできない――。

（ああ……！）

頭の中を、いろいろ思いがぐるぐるとまわる。どうすればいいのかわからない。ブラッドリーに元気になってもらいたい気持ちも、ヒューバートの言うことに従わなくてはという思いも、家族に会いたいという慕情もすべて本物だ。しかしそれらは同時には成り立たず、雪麗は唇を噛んで渦巻く感情に耐えた。

□

お出かけですか、と声をかけてきたのはカルヴィンだった。

「ええ。ニュー・カットのほうまで行ってみようと思うの。あちらのほうで、珍しい薬を扱っている行商人がいると、ユニスが言っていたものだから」

「行商人ですか……」

カルヴィンは、苦い顔をした。

「ああいう連中は、柄の悪い者も多い。僕がお供いたしましょう」

「え、でも……」

雪麗は胸に手を置いて、カルヴィンを見た。

「カルヴィンさまも、お忙しいのでは……？」

「そりゃまぁ、暇だとは言いませんが」

いたずらめいた表情で、カルヴィンは言う。

「僕の父のことで、義姉さまが動いてくださっているのですから。お手伝いできることは、なんなりとしたいと思うのです」

「それは……、ありがたいですわ」

彼の青い瞳を見つめながら、雪麗は戸惑う声で言った。

「でも、本当によろしいのですか？　ニュー・カットは、カルヴィンさまのようなかたがおいでになる場所ではないと聞いておりますが」

「それを言うなら、義姉さまも同じでしょう」

くすくすと、カルヴィンは笑った。

「それならますます、お供しなくてはいけません。フットマンでは心もとないですからね」

「お願いできるのなら……、よろしくお願いします」

雪麗は、軽く会釈した。

「行商人だということですから、どこでつかまえられるのかはわかりませんわ。探すのも、お手伝いくださったら嬉しいですの」

「もとより、そのつもりですよ」

なおも頼もしい笑みで、カルヴィンは言う。

「では、支度をしてまいりますから、少しだけお待ちになってください。淑女をお待たせするのは、気が引けますが」

いいえ、と雪麗は微笑んだ。女性と違って、男性の支度は早い。カルヴィンは間もなく黒いコートを着て現れ、雪麗に微笑みかけた。

「まいりましょうか」

カルヴィンは、さりげなく雪麗の手を取った。こういうスマートな仕草は、彼の兄に勝っている。

目的地を御者《ぎょしゃ》に告げ、ふたりで馬車に乗り込んだ。がたがたと動き始めた馬車の中、雪麗はカルヴィンに尋ねた。

「ニュー・カットって、どんなところなのですか？」

そう言うと、カルヴィンは驚いた顔をした。

「それもご存じないのに、行こうとなさっていたのですか？」

「あまり……治安がよくないところだとは、聞いておりますけれど」

呆れたような表情のカルヴィンを前に、雪麗は恥ずかしくなった。思わず口ごもってしまう。

「でも、あらゆるものが売られていると聞いて……そこになら、あるかと思いましたの」

「あそこが、最後の望みというわけですか」

「そうですわね……」

ため息とともに、雪麗は言った。

「必ずあるとは限らないのですもの。見つからなかったら……どうすればいいのか」

カルヴィンが、じっと雪麗を見た。青い瞳に見つめられて、どきりとする。

「なに……」

「もっと、確実な手段がありますよ。必ず、その薬を手に入れられる」

「どんな方法ですの!?」

雪麗は、思わず声をあげた。身を乗り出してカルヴィンに迫る。彼は、にやりと笑った。

「義姉さまが直接お国に行かれて、お持ち帰りになるのですよ」

思わず、大きく目を見開いた。そんな雪麗の反応を予想していたかのように、カルヴィンの笑みは濃くなる。

「だって……ヒューバートさまに止められたのよ。船に乗るのはだめだって……危険すぎるって。決して、お許しなんか出ないわ」

「ですから、こっそり向かうのです。乗船券は僕が用意しますし、もちろんお供いたします。僕も、義姉さまのお国を見てみたい」

「で、も……」

馬車の揺れに身を取られながら、雪麗はただただ目を見開いていた。そんな雪麗に、カルヴィンは頼もしい笑顔を向けてくる。

「僕に任せてください。なによりも、僕の父のことだ。僕だって、無関係ではないのですから」

「それは……、そう、ですけれど……」

自ら赴きたいと言ったときの、ヒューバートの剣幕を思い出した。大声をあげるようなことはなかったけれど、雪麗の言ったことに怒っていたことは確かだ。そんなヒューバートに黙って国を出るなど、ブラッドリーのためとはいえ許されるのだろうか。

「迷っておいでの間にも、父さまは手遅れになるかもしれない」

惑う雪麗を急かすように、カルヴィンは言った。

「もちろん義姉さまのお薬で、快方に向かっているのは知っています。けれど、お求めの薬が重要なのでしょう？　それがあれば、父さまはもっと元気になるのでしょう？」

「そ、れは……、もちろんだわ……」

馬車が、がたがたと動く。まずはニュー・カットに向かうほうがいいのではないだろうか。しかしロンドン中の薬種屋をまわってもなかったものを、行商人が売っているとは思えない。それをわかっていて、雪麗はニュー・カットに向かっているのだ。

「実は、もう手配してあるのですよ」

秘密を打ち明けるように、カルヴィンは言った。

「明日出る、ティークリッパーに乗せてもらえるようにね。乗船券は、二枚あります」

「な、にを……」

雪麗は、これ以上はできないというくらいに目を見開いた。以前、彼にやってきた手紙、あれが乗船券だったのかもしれない。

「わたしを、誘うつもりだったの？　それも、明日だなんて」

「入り込ませてもらうには、贅沢は言っていられませんでしたのでね」

カルヴィンは胸もとを叩いた。そこに、乗船券が入っているのだろうか。

「いかに、兄さまに秘密で義姉さまを連れ出そうかと思っていましたが。このような巡り合わせになるとはね」

「行って……いいのかしら」

震える声で、雪麗は言った。

「ヒューバートさまは、きっと心配なさるわ。勝手に家を出たと、お怒りになるわ」

「別に、遊びに行くわけではありませんからね」

ふいと、真剣な口調になってカルヴィンは言う。

「兄さまには、お手紙を言《こと》づければいい。理由が理由だ、兄さまも最終的にはお許しくださるでしょう」

「でも……、でも」

がたん、と馬車が揺れた。雪麗は慌てて、つり紐を握る。

「今夜は、港の宿屋で泊まって。明日の便に乗るのです。今夜のうちに、兄さまにはお手紙を届けておきましょう」

薬を手に入れなければいけないという義務感と、故郷を思う郷愁。それらがない交ぜになって、気づけば雪麗はうなずいていた。

「でも……、わたし、ろくな持ちものがないわ。少しお金があるだけで……着替えも、なにも」

「そのようなものは、僕が用意します」

好もしい笑みを浮かべて、カルヴィンが言う。

「このように義姉さまとご一緒するとは、思わなかったことですが……僕にも、いろいろ縁故がありましてね」

いまだに揺れている雪麗の心だけれど、それでもカルヴィンの言葉に乗る方向に傾いている。ヒューバートを心配させ、怒らせるのは気が引ける。しかし雪麗は痺れを切らしていた。いつまで待っても届かないのなら、雪麗のほうから出向くしかない。そしてカルヴィンがすべてのお膳立《ぜんだ》てをしてくれているとなれば、それに乗らない手はないと思ったのだ。

「義姉さま。まいりましょう」

まだ残っている雪麗の迷いを断ち切るように、カルヴィンは言った。

「兄さまのお叱りも、父さまがお元気になれば解けましょう。今は、できることをするだけです」

そのための、好機なのだ。雪麗はうなずいた。

「確かに、ヒューバートさまにお知らせしてくれるわね？」

雪麗の言葉に、カルヴィンは首肯《しゅこう》した。

「兄さまにご心配をかけるようなことは、いたしません。大切な義姉さまをお連れするのですから、義姉さまの御身の安全には細心の注意を払います」

「お願いします」

雪麗は、さらりと髪を揺らした。そうやってカルヴィンの計画を受け入れた雪麗の胸には、それでも一抹の不安があった。

(いいのかしら……)

馬車で行ける場所への外出とは、わけが違うのだ。海を越える——いくら丈夫で速いのが取り柄のティークリッパーでも、嵐に呑まれないとも限らない。なにが起こるかわからない船旅には、帰ってこられる——再びヒューバートの顔を見られる保証はないのだ。

(でも……、それでも)

運命が雪麗に味方してくれるのなら、無事に帰ってこられるはずだ。雪麗の運命は、ブラッドリーの運命でもある。雪麗はともかく、ブラッドリーの運を信じるしかない。

(幸運が、ここにありますように)

胸の奥で手を合わせて、雪麗は祈った。すべてがうまくいくように——それは身勝手な祈りだったかもしれないけれど、ひいては誰よりも大切な、ヒューバートのためだった。

カルヴィンに案内されて、入ったのは薄汚れた建てものだった。奇妙な香りの漂ってくる部屋に通されて、雪麗は眉をひそめた。

「なんの匂いですの……？」

「潮の香りですよ。ここからは、港が近い」

雪麗を、にわかに緊張が襲った。まだロンドンにいるとはいえ、もう後戻りはできない。

雪麗は自ら選び取った道を進むしかないのであり、今さらながらにこれでよかったのかという思いが湧きあがる。

「出航は、明日の朝早くらしいです」

そんな雪麗の心中など知るよしもないカルヴィンは、明るい声でそう言った。

「今日は早くおやすみください。しばらく、揺れない地面とはお別れです」

「そうね……」

部屋の隅にある寝台は、粗末なものだった。雪麗が毎晩眠っているベッドの半分くらいの大きさしかない。掛布もところどころが繕ってある洗いざらしで、お世辞にも心地よさそうだとは言いかねた。

「充分でない場所ですが、我慢してください。船の中は、もっとひどい」

「乗ったことがあるの？」

雪麗が尋ねると、カルヴィンはいたずらめいた目をして、笑った。

「出航する前に、父さまに連れ戻されましたけれどね」

「まぁ、それでは小さいころのお話？」

「幼いころから、冒険心があったということですよ」

彼は片目をつぶってみせて、雪麗を呆れさせた。

「でも、今から昔の夢が叶うのです。義姉さまのおかげですよ」

「遊びに行くのではないわ……」

浮かれたようなカルヴィンの口調に腹が立って、雪麗は少し尖った口調で言った。

「すべては、お義父さまのためよ。わたしにできることをしに行く……そのことを、忘れないでほしいわ」

「もちろんですよ」

驚いたように、カルヴィンは言った。

「父さまのことを、忘れたことなどありませんよ。早く元気になっていただきたい……その思いで、僕も船に乗るのですよ」

にわかに真剣な色を帯びたカルヴィンの表情に、雪麗は自分の口調を後悔した。雪麗も、ブラッドリーのことが頭にありながらも望郷の念に駆られたのだ。そんな自分に、カルヴィンを責める権利があるだろうか。

「ごめんなさい」

雪麗が言うと、カルヴィンは不思議そうな顔をした。雪麗の心には気づいていないらしい。

雪麗は首を振り、なんでもないと言った。

「では、夕餉《ゆうげ》まであたりの散策でもいたしますか？　義姉さまには、珍しいものがたくさんあると思いますよ」

「……いいわ」

ささやくような声で、雪麗は言った。

「そういう気分ではないの。お部屋にいるわ」

「そうですか」

もっと諄《くど》く誘ってくると思ったのに、カルヴィンはあっさり引き下がった。そのことに少し違和感を持ったのだけれど、彼には彼で、雪麗にはわからない楽しみがあるのだろう。

「では、夕餉の時間になればお呼びいたします。メニューには、あまり期待はしないでくださいね」

「贅沢は言わないわ」

雪麗が言うとカルヴィンは笑い、どこか楽しそうに部屋を出ていった。

第五章　夫婦の愛

決して清潔とは言いがたい港の宿屋での夕食は、骨つきローストビーフ、カボチャのスープにパンだった。意外に美味だった、と言っては失礼だろうか。雪麗は思わぬご馳走《ちそう》に満たされ、部屋に戻った。

窓からは、月明かりが入ってくる。街中のようにガス灯はなく、暗い屋外は恐ろしくもあったけれど、屋敷の自室からは見えない輝く星々を目にしたあと、雪麗は寝台に入った。

大きな冒険を前に、しかも慣れない寝台では眠れないと思ったのに、意外と早く眠りは来た。雪麗は、夢を見ていた。雪麗がいるのは故国の自室で、そこになぜかヒューバートがいるのだ。彼は、雪麗の頰にくちづけをしていた。雪麗はそれを兄に見られて、慌てている。頰へのくちづけなどこの国では挨拶だけれど、故国では違う。そのことを懸命に説明しようとして、しかし母国語と英語がまじって、うまく言葉にならないのだ。

「違うの……！」

雪麗は、自分の声で目が覚めた。はっと瞳を見開き、同時に身動きができないことに気がついた。

「な、に……？」

部屋の中は、暗い。腕を持ちあげようとして、動かない理由に最初は気づくことができなかった。

「なん、なの……？」

「しっ」

唇に、指を押しつけられた。小さな声に、それがカルヴィンであることがわかった。

「カルヴィンさま……、なにを……？」

「義姉さま……、いえ。雪麗」

低い声で、カルヴィンは言った。

「そういうことだと、思ってもいいのでしょうね？」

「え……、っ、……？」

「それとも、焦らす気ですか？　そんなお顔をして」

「なにを……言っているの……？」

カルヴィンの顔が、間近にある。まるでくちづけをするような距離だ。これほどに近く、彼の顔を見たことはなかった。彼とは、そういう間柄ではないはずだ。

「男の言いなりになって、無防備な姿を晒す……それがどういう意味なのか、わからないわけではないでしょう？」

「言いなり……？」

雪麗は混乱に、彼の言葉を繰り返した。なにを言っているのだろう。彼はなぜ、このような——雪麗の上にのしかかり、腕を押さえている。なぜこのようなことをしているのだろう。

「そうでしょう？　兄さまの奥方でありながら、兄さまに黙って旅に出るなんて。しかも、兄さまではない男と」

「だって……、あなたは、義弟じゃないの」

戸惑いながら、雪麗は答えた。

「ヒューバートさまではない男、だなんて……義弟、なのに？」

「義弟でも、男だ」

夜着の中に忍び込んでくるような声で、カルヴィンは言った。雪麗は大きく身を震わせる。今になってやっと、カルヴィンの意図がわかったのだ。

「だ、ましたの……？」

「人聞きの悪い」

眉根を寄せて、カルヴィンは言った。

「乗船券を持っているのは、本当ですよ。あなたがお国に戻るお供をしようというのも、本当だ」

「それだけではない……、ということなのね」

にやり、とカルヴィンは笑う。月の淡い光の中、その笑みは魔鬼《あくま》のもののように雪麗の目に映った。

「あなたは、魅力的すぎる」

邪悪な笑みを浮かべたまま、カルヴィンは言う。

「初めてあなたを見たときから、僕がどんな気持ちを抱《いだ》いていたか……兄さまが、どれだけ羨ましかったか」

カルヴィンは、顔を近づけてくる。唇が軽く触れて、そのおぞましさに雪麗は激しく身を捩った。

「逃げないで」

獲物をとらえた獰猛《どうもう》な動物のように、カルヴィンは息を吐いた。

「どうせ、あなたは逃げられない……声でもなんでも、出したかったらお出しなさい。あなたは、僕の手の中だ」

「そ、んな……」

唾を飲み込む。ごくりと鳴った雪麗の咽喉に指を這わせながら、カルヴィンはくちづけをしてきた。呼吸ができなくなるような、深い接吻だ。このようなこと、ヒューバートとしかしたことがない。

「やはり、甘い」

嬉しそうに、カルヴィンはささやいた。

「あなたの、この柔らかそうな唇……どのような味がするのかと思っていました。ずっと、ずっと……考えていました。想像していたよりも、ずっと甘い……」

「や、めて……」

のしかかられて、腕を押さえられて。男の重みと強い力に逆らえない。ぞくり、と全身に恐怖が走る。とらえられた小動物は、このような心持ちなのだろう。どのような力の込めかたをしているのか、指先までが動かせないのだ。

「あ、なたは……わたしの体だけを奪って、満足なの？」

彼を思いとどまらせようとして言った言葉は、しかし彼の情熱をかき立ててしまったようだ。その瞳にともる炎が、より大きくなったのを雪麗は見た。

「体だけでも、僕のものになれば」

思い詰めたように、カルヴィンは言った。

「それでいいのですよ……どうせ、心など手に入らない」

カルヴィンの手が伸びる。夜着の上から、乳房を摑まれた。雪麗は悲鳴をあげたけれど、カルヴィンはそのようなことは気にしていないようだ。

「体だけで、充分ですよ……兄さまは、僕に抱かれたあなたを許さないだろう。あなたは兄さまの愛を失う。僕は、それが見たい」

「そんな、こと……」

震える雪麗の唇に、またカルヴィンがくちづけてくる。濡れた部分が触れ合って、吸いあげられた。ぞくぞくと悪寒が走る。嫌悪の感覚に、雪麗は精いっぱい暴れようとした。しかしそれは叶わない。一枚の布越し、乳房に触れるカルヴィンの手に力が籠もる。ぎゅっと掴まれて、怖気立った。

「や、ぁ……、ヒューバートさ、ま……」

懸命に、この場にはいない夫に呼びかける。

「助けて……、ヒューバートさま……、っ……」

「この期に及んで、兄さまを呼ぶのですね」

カルヴィンは、雪麗の唇を嚙んだ。軽く嚙まれただけだったけれど、びりっとした痛みが全身に走った。

「兄さまなど、当てにしても無駄だ……こんなところ、誰も来はしない」

「いや、ぁ……、っ……」

胸を愛撫するカルヴィンの手に、力が籠もる。痛いばかりの感覚に雪麗は身悶えた。同じことをされても、相手がヒューバートなら心地いいはずの行為が、これほどに違うなんて——改めてヒューバートへの愛を感じながらも、とらわれた雪麗はなす術がない。

「助けて、助けて……!」

もしこの世に、神というものがあるのなら。雪麗は、それに救われたのだろう。大きな音がした。雪麗の体に夢中になっていたカルヴィンさえも、顔をあげた。そしてふたりは、暗い部屋で大きく目を見開くことになる。

「ヒューバートさま！」

そこにいたのは、ヒューバートだった。コートも着ず、シャツの襟もとは乱れている。肩で息をしている彼は、まっすぐに寝台にまで走ってきた。

「カルヴィン！」

雪麗を縛《いまし》めていた拘束が、外れた。雪麗は反射的に起きあがり、寝台から転がり落ちた。

「雪麗……！」

それを受け止めたのはヒューバートだった。彼は雪麗を抱きあげ、腕をまわして抱え込むと、啞然としているカルヴィンを睨みつける。

「自分がなにをしたのか、わかっているのだろうな!?」

ヒューバートがこれほど口調を荒らげるのを、雪麗は初めて聞いた。思わず脅えて、縋りつくのはヒューバートの胸だ。

「おまえは、殺しても飽き足らない……覚悟しておけ。この無体のつけ、高くつくぞ！」

「兄さまが、義姉さまから目を離したんじゃないか！」

明らかに脅えているカルヴィンは、それでも言い返した。

「それほど大切なら、閉じ込めておけばいいんだ……鍵をかけて、家から出ないようにしておけばよかったんだ！」

「言い逃れは、聞かない」

怒りの中にも、落ち着いた調子でヒューバートは言った。

「おまえの身柄は、市警察に引き渡す。誘拐犯だ。罪状は、はっきりとしている」

「誘拐……？」

寝台の上、身を起こしてカルヴィンが叫ぶ。

「僕は、故郷に帰りたいという義姉さまをご案内して差しあげただけだ！　無理やり連れてきたわけじゃない……同意の上だ！」

「雪麗の兄上が送ってきてくださった手紙と薬を、おまえが握りつぶしていたとしても？」

「……え」

声をあげたのは、雪麗だった。驚いてヒューバートを見あげる。彼は、このうえなく厳しい顔をしてカルヴィンを睨みつけている。

「なにを……、なにを証拠に、そんなことを」

カルヴィンは、悪あがきをした。そんな彼を、ヒューバートがなおも睨んだ。

「おまえの部屋の暖炉《だんろ》から、奇妙な匂いがしたとしても？」

はっと、カルヴィンは目を見開いた。

「ベティに銀貨を握らせて、雪麗宛ての荷物を自分のもとに運ばせていたことを私が知って

いると言っても？」

召使いの名を挙げて、ヒューバートは言った。

「おまえは、雪麗の兄上が雪麗に送ってきた薬を、燃やしてしまった。それで済んだと思ったのだろうがな、燃やしたくらいでは匂いは消えないのだよ」

カルヴィンは、言葉に詰まっていた。喘ぐように唇を震わせ、そして震える声で続けた。

「おか、しな……匂いがしたとしても、それが薬だなんて、どうしてわかるんですか。ほかのものを燃やしたのかもしれないではないですか」

「ベティの証言があってもか？」

ますますカルヴィンは、なにも言えなくなってしまったようだ。雪麗は、自分を抱きしめるヒューバートに話しかける。

「そのことを……お知りになったのはいつですの」

「今日だ。夕方の話だ。おまえが、ニュー・カットに行くと言ってなかなか帰ってこないから。ベティが私に訴えてきたんだ」

そう言って、ヒューバートはカルヴィンを睨んだ。

「おまえが絡んでいるのではないかと……まったく、金に困っているベティに目をつけたのはおまえの英断だったよ」

ぎりっ、とカルヴィンが歯を鳴らした。彼は懐に手をやり、なにかを取り出すと、ヒューバートたちに向かってくる。

その動きは素早かった。雪麗はなにか光るものを目にする。悲鳴をあげる前にヒューバートは雪麗を抱く腕を片方ほどき、光を反射するなにかを手の甲ではたき落とした。

「きゃっ……！」

からん、と音がして、なにかが床に転がる。暗がりの中でも、それが鋭い刃を持つナイフであることがわかって、雪麗は恐怖に声をあげた。

「兄に凶器を向けた以上、罪を背負う気はあるということだな？」

「……っ、う……」

カルヴィンが呻いた。ヒューバートは丁寧に、雪麗を床に座らせた。そして転がったナイフを手に取ると、いきなりカルヴィンの咽喉に突きつけた。

「な、……、ッ、……、っ」

「ヒューバートさま！」

「私の雪麗に触れたとは……殺しても、飽き足らぬものを！」

「おやめください、ヒューバートさま！」

雪麗は声をあげる。ヒューバートはちらりと雪麗を見て、それでもナイフは離さない。

「危険です……傷つけるようなことは、おやめになって！」

「カルヴィンをかばうのか、雪麗」

ナイフ以上に鋭い声で、ヒューバートは言った。

「おまえを陥れた男だぞ？　おまえに……触れた！」

「わたしとて、許すつもりはありません」

はっきりと、雪麗は言った。

「ですがそのままお手を出されれば、ヒューバートさまが罪人になってしまわれます。そのようなことになれば……！」

ヒューバートは、カルヴィンの咽喉もとにナイフを突き立てたまま黙っていた。やがて手を引くと、カルヴィンがほっとしたのがあからさまにわかった。

「私が一定の時間、戻らなかったら市警察が動くことになっている。おまえは、やつらに引っ立ててもらおう」

「そ、んな……！」

立ちあがったヒューバートは、カルヴィンに鋭い視線を落とす。カルヴィンは、ナイフを突きつけられて覇気を失ったのだろう。そんな兄の目線にびくりとする姿は、まるで脅えた鼠《ねずみ》だ。

ヒューバートは、そんな弟からふいと視線を逸らせた。雪麗の脇に膝をつくと、背と膝の裏に腕をまわして、体を抱きあげる。ヒューバートの腕の中から、雪麗はカルヴィンを見下ろした。

カルヴィンは、脅えと悔しさの混ざった視線で雪麗を、そしてヒューバートを見ている。雪麗は憐《あわ》れみの気持ちでそれを見下ろした。雪麗を陥れた罪はあるものの、彼がこれからどうなるのかと思うと、憂いの気持ちが湧きあがる。

「行くぞ、雪麗」

遠くから、複数の足音が聞こえる。市警察の者たちだろうか。ヒューバートはカルヴィンに背を向けて部屋を出て、もう振り返らなかった。

□

ベイツ家の次男が逮捕されたという噂は、たちまち社交界に広がった。しかもそれが誘拐――嫂《あによめ》を拐《かどわ》かそうとしてのことだというのは、より人々の関心を攫《さら》った。

雪麗は自室で、厚い油紙で幾重にも丁寧に包まれた荷物をほどいていた。中からは、つんとした生薬独特の香りが漂ってくる。

「ほっとします……、この香り」

「そのようなものか？」

夜の、雪麗の部屋。ヒューバートは眉をひそめている。慣れない者にはいい香りだとは感じられないらしい。雪麗は、笑った。

「お手紙もありますわ。お兄さまの、字」

懐かしさに、胸が熱くなる。しかしそれを覗き込んだヒューバートは、ますます苦い顔をしていた。

「まったく、理解不能な字だな」

「まぁ、お兄さまは達筆でいらっしゃるんですのよ」

憤慨して、雪麗は言った。手紙には雪麗の身を案じる旨が切々と綴ってあり、雪麗は滲んだ涙をそっと拭った。

「お兄さまったら……桃仁《とうにん》に、紅花《べにはな》まで」

包みの中身を確かめた雪麗は、笑った。

「どういうことだ？」

なおもくすくすと笑いながら、雪麗は言う。

「両方とも、女性の血の病のための薬ですわ。もちろん、男のかたにもなんの役にも立たないわけではありませんけれど。お義父さまのお体に、必要なものではありません」

「それでも、義兄上《あにうえ》が気を利かせてくださったのだろう？　ありがたく受け取っておけ」

「そういたします」

薬の包みを胸に、雪麗は言った。大きな包みの中には目的の薬も過ぎるほどの量が入っていて、手紙には足りなければいくらでも送ると書いてある。

「これで、父上は元気になられるのか？」

「飲めばすぐに、というわけではありません」

何度か口にした説明を、雪麗は繰り返した。

「でも、これがあれば……確かに、よくなられます。それは、保証できます」

「仕事に復帰できるほどにか？」

「ええ」

雪麗の頭の中は、生薬の組み合わせのことでいっぱいになっている。ヒューバートの言葉に生返事をすると、きゅっと耳を引っ張られた。

「きゃっ！」

「父上のために、いろいろと考えてくれているのは嬉しいがな」

少し、拗《す》ねたような口調でヒューバートは言った。

「私の前で上の空とは、いただけないな。おまえの意識が、私以外のものに向いているというのは気に食わない」

「ごめんなさい」

雪麗は、素直に謝った。

「でも、早くお義父さまに差しあげたいのです。どのように組めば、よりよく効くか、それを考えていて……」

「ああ、わかっている」

雪麗の耳を引っ張ったヒューバートの指は、髪にすべる。子供をあやすように撫でられて、雪麗は目を細めた。

「ひとりで考えるほうがいいか？　邪魔なら、出ていくが」

「とんでもありませんわ！」

思わず、雪麗は声をあげた。自分の声の大きさが恥ずかしくて、そっとうつむく。

「……いてくださると、嬉しいです。ヒューバートさまはいつもお忙しくて、こんなふうにおそばにいられることはあまりないのですもの」

「それは、悪かった」

沈んだ表情を見せたヒューバートに、雪麗は慌てた。

「いいえ、お仕事でお忙しいのはわかっておりますもの。わたしのわがままですわ」

「わがままなどということはない……さみしい思いをさせて、悪いな」

「そんなこと……」

長椅子の上、ふたりは寄り添う。雪麗は兄からの届けものを脇に置き、ヒューバートの胸に頭を寄せた。

「わたしは、幸せです」

雪麗は、そっとつぶやいた。

「あなたのもとに来られて……妻にしていただいて。こうやっておそばに置いていただけて、わたしはとても幸せですの」

「……雪麗」

ふたりは、目を見合わせる。視線が絡み合うのと一緒に唇が近づき、そっと重なった。くちづけは最初は触れ合うだけ、やがて深くなり、互いの味を感じられるほどに近づいて、するとヒューバートの香りが濃く感じられる。それに、胸がどきどきとした。

彼の手が背中にまわってきて、抱き寄せられる。腕の力は強く、愛しい男の胸に抱き寄せられているのだという実感に、雪麗の胸はさらに鳴った。

「鼓動が、激しいな」

体を寄せ合うヒューバートが、重ねた唇越しにささやいた。

「落ち着かないのか……？　こうしているのが」

「いいえ」

やはり唇越しに、雪麗も小さな声で言う。

「こうしていて、ほしいです……もっと。もっと、して……？」

甘えた声で雪麗は口ずさみ、ヒューバートは笑った。抱きしめる腕に力を込めてきて、それは少し苦しかったけれど、だからこそ心地いい。

「愛しています……」

雪麗がそう言ったのと、同じ言葉をヒューバートが口にしたのは同時だった。唇を重ねたままくすくすと笑い、部屋には絡み合うふたりの声が温かく広がっていく。

「雪麗」

ヒューバートの手が、雪麗の肩に触れた。抱き寄せられてどくりと胸が跳ねる。彼の力強い腕の中に包まれて、雪麗は身を委《ゆだ》ねた。

「……あ、……」

くちづけたまま、そっとヒューバートは彼女を抱きあげる。驚く雪麗をキスで支配したまま、彼は女の体をベッドに横たえた。

「ヒューバート、さま……」

彼を求めて伸ばす腕の中、ヒューバートは笑いながら唇を離し、またくちづけてくる。互いに抱きしめ合いながらキスを交わし、手をすべらせて衣服の留め金に触れる。しゅるりとリボンをほどき、釦を外し、ふたりの肌が徐々に露わになっていく。

「あ、……、っ、……」

触れ合う肌の感覚が心地いい。伝わってくる彼の体の重みが、体の奥からの熱を誘い出す。

「やぁ、……、ッ……、っ……」

彼の指が胸もとを開き、すでに尖りきった雪麗の乳首にすべる。抓まれてきゅっとひねられて、雪麗は大きく息を呑んだ。

「ヒューバートさ、ま……」

もうひとつの赤い尖りを、彼は口に含む。きゅっと吸われて、声があがった。

ヒューバートの骨張った手は、雪麗の腰をすべる。くびれをなぞられて、ひくんと下半身が跳ねた。男の体がのしかかってくる。改めて彼の重みを感じ、体の奥が燃えあがり始めた。

「や、ぁ……、っ……」

ちゅく、ちゅく、と吸いあげられる箇所からは、ぞくぞくとした快感が伝わってくる。それが体を貫き、綻んだ花園が再び潤み始めた。ヒューバートの指が、そこにすべる。

「あ、あ……、っ、……、っ……!」

秘芽は、まだ敏感に刺激を求めている。触れてくる指の指紋までもが感じられるのではないかと思うほどに、剝き出しになった神経は彼の愛撫を受けとめた。大きく、下半身が跳ねる。

「……っあ、あ……、っ、……」

乳首を抓むのと、同じ調子で秘芽に指をかけられた。きゅ、きゅ、と擦られる。感じやすいところに力を込めて摩擦されて、雪麗の体はたちまちに今までの快楽に引き戻された。

「ふぁ、あ……、ああ、あ……、っ、……!」

どくり、と秘所から蜜が溢れ出す。沁み出して雪麗の両脚の間を濡らし、敷布を汚し、ぺちゃぺちゃと淫らな音があがる。

「ぅ……あ、……や、……、っ……、……」

身を捩って、雪麗は快楽から逃げようとした。しかしヒューバートの手は腰骨に置かれ、雪麗に自由な動きを許さない。

「い、ぁ……、ヒューバート……さ、ま……」

「ここに、欲しいのだろう？」

意地の悪い声で、ヒューバートは言った。

「おまえの体が、そう言っている……もっと満たしてほしいと、震えている……」

「やぁ……、っ、……、っ……」

腫れた秘芽に、軽く爪が立てられる。擦られてまた蜜をこぼし、先ほどまで彼自身を受け挿れていた蜜園の奥が痙攣する。

「挿れてほしいと、言ってみろ」

雪麗の耳の縁に舌を這わせながら、ヒューバートがささやく。

「深くまで、突き込んでほしいと……願っていることを、口にしてみろ」

「っ、あ……あ、あ……、っ、……」

黒髪を揺らして、雪麗は首を振った。そのようなことを言えるはずがない。震える唇からは、乱れた喘ぎ声が洩れるばかりだ。

「だ、め……、っ、……、っあ……！」

乳首を吸われて、抓まれて。秘芽をいじられて淫らな声を聞かされて。雪麗の体はたまらないほどの熱を帯び、ずくんと脳裏までを貫く快感が走った。

「や、あ、……ぁ、ヒュー、バート……、さ……、っ……」

目の前がちかちかする。ヒューバートの顔が見えない。それどころか、ここがどこで触れ合うぬくもりがなんなのか――それすら判別できなくなった雪麗は、ひやりと冷たいものを感じて大きく身を震わせた。

「見せてみろ……、ここが、どうなっているのか」

「あ……、や、……、っ、……っ」

腿に手を置かれ、拡げられたのだと気がついたのは、そこに柔らかいものがすべったからだ。指とは違う刺激に、全身がわななないた。

花びらの重なりに舌を突き込まれ、したたる蜜を舐め取るようにうごめかされる。奥まったところにある神経が、震える。感じる全身がどうしようもなく熱くなって、なにも考えられない。

「つあ……、あ、……、っ、……、ッ、……!」

「雪麗」

彼女の秘所を舐めあげながら、彼はささやく。

「もっとだ……、もっと、聞かせろ。おまえの声が、出なくなるまで」

「やぁ、あ……ん、っ、……な、ぁ……」

呑み込むものを待って、ひくひくとわななく蜜口に指が差し入れられた。ぐるりとかき混ぜられて、蜜がまた溢れる。それが彼の指の動きを容易にし、下肢からはくちゃくちゃと新たな音が立った。

「ふ、……、ぁ、あ……、っ……、あ、ああ、あ！」

内壁を擦られる。折り重なった襞が押し伸ばされ、敏感な部分が反応した。激しすぎる刺激から逃げようとしても、ヒューバートの手が雪麗の腰を押さえている。男の力には逆らえない。そのことが、快楽になる。

「いや、も……、い、や……、っ、……、っ……」

「嘘つき」

笑いながら、彼はささやいた。

「おまえのここは、そう言っていない……入れてほしいと、素直なのにな」

「ち、が……、ぁ……、っ……」

脚を閉じようとしても、入り込んだヒューバートの体が邪魔をする。彼に言われていることは本当で、雪麗は男の欲望を求めているのか——入れてもらって、かきまわされて。奥まで突いてほしいと願っているのか。

「ああ、違うの……、も、う……、いや、あ……っ……」

入れられる指が、増えた。何本呑み込まされているのかわからない。それはてんでに動いて内壁を乱し、こぼれ出る蜜を塗り込めるようにした。

「ちが、……、ぁ……、もう、……も、う……、っ」

「指では足りないだろう？」

秘芽をくわえ、きゅうと吸いながらヒューバートが低い声を洩らす。

「私を……入れてほしいのだろう？　太いものを。熱いものを」

「いぁ、……あ、あ……、っ、……、っ……！」

雪麗の胸が、大きく鳴った。どくどくと鼓動を打つ心臓は、やはり図星を突かれたからだろうか。雪麗は、自ら男の欲芯を欲しがる淫乱な娘なのだろうか。そこはヒューバートを求めて、淫らに口を開いているのだろうか。

「もう……、だ、め……、っ……、っ……」

掠れた嬌声を、雪麗はあげた。

「お願い……、お、ねが……、ヒューバート……さ、ま……」

ふっと、彼が笑った。その熱さえもが刺激になって、雪麗は喘ぎ声をこぼす。

「素直になれ」

ちゅくんと、指が引き抜かれた。秘所は埋めるものを失ってひくつき、もっと欲しいとしたたりを垂らす。

「ここは、こんなに反応しているのに……おまえの口から、淫らな言葉を聞きたい」

「ん、や……、っ、……、っ……」

ふるり、と雪麗は身を震わせた。

「入、れて……、っ……」

快楽に負けた唇は、ヒューバートの望む言葉を綴る。

「入れて、ください……、深く、まで……、っ……」

にやり、とヒューバートが微笑んだような気がした。彼は身を起こす。目の前の彼は、濡れた唇を舐めた。それが自分の蜜だと知って、雪麗は羞恥に目を閉じた。

「あ……、っ、……、あ、あ……、あ……」

熟れた蜜口を拡げたのは、太くて熱いものだった。ひと息に貫かれて、雪麗は息を呑む。雁首が入り口に引っかかり、腰が跳ねた。すると入ってくるものが強く擦ってきて、指先までがびりびりと痺れた。

「ふぁ、あ……、ああ、……っ、……ああ！」

じゅく、じゅく、とそれが突き進んでくる。蜜襞を拡げ敏感な神経を擦り、入り込むごとに咽喉奥までが圧迫されるような、全身をとらわれてしまったかのような、そんな感覚にとらえられる。

「ひ、ぅ……、っ、……、っ……、っ」

とっさに、皺になった敷布を摑んだ。その手はひとまわり以上大きな手に包まれて、ふたりの指が絡み合う。

「つあ、……あ、あ……、ヒューバート……さ、ま……、っ……」

名を呼ぶ唇が、塞がれる。くちづけられて舌を絡められて、ふたつの箇所で繋がりながら、雪麗は全身でヒューバートを感じていた。

「ヒュ、バ……ト……、さ……、……、っ」

「雪麗」

互いの名を呼び合い、唇を重ね、舌を追いかけ合う。下肢はずくずくとその繋がりを深め、腹の奥が熱くなる。圧迫感に、息ができない。

「んぁ……、ッ、……ん、ん、……ん、っ……」

彼の手を、痛いほどに握りしめた。その舌を自ら追いかけ、ぺちゃぺちゃと絡みつける。腰を揺らしてもっと深くとねだり、体の奥深い場所は彼自身に巻きつこうとする。

「ひぁ、あ……、ああ、……あ、……んっ……っ」

寝室に、淫らな声と音が満ちる。世界にはふたりしかいないかのようで、ふたりはひとつになったかのようで。雪麗は、溺れた。愛欲の境地に堕《お》ちていく。

「や、……っ、……ああ、……っあ、あ……、も、……」

ぶるり、と震えると、ヒューバートの腰もわなないた。それが新たな刺激になって雪麗は声を洩らし、きゅっと彼の唇を吸いあげる。

「ふ、っ……」

ヒューバートが、苦しげな呻きをこぼした。それが口腔に響き、ぞくりと背を震わせる。彼に縋りつき肌を余すところなく合わせ、すべてを彼にとらえられて、雪麗の体は蕩《とろ》けてしまったかのようだ。

「ああ、あ……、っ、……、っ……！」

ずくん、と大きな衝撃があった。最奥まで、彼が届いたのだ。深いところはより敏感で、圧倒的な質量を軋みとともに受けとめた。

「……っあ、……ああ、……、あ、……、ああ！」

小刻みに奥を突き、何度か雪麗を喘がせてから、ヒューバートは一気に自身を引き抜く。はっ、と息をする間もなくまた擦りあげられて、くぐもった嬌声があたりに満ちる。自分の声にさえ感じて身を震わせると、ヒューバートの掠れた呼気が耳に届いた。

「ふぁ……、っ、……ん、ん……、っ、……」

「……は、っ……」

組み合わせた手のひらが、汗ばんですべる。手を離したくなくて指を絡ませると、ヒューバートも指に力を込めてくる。痛みすら感じるそれが愛おしくて、雪麗の胸は今まで以上の情熱に満ちた。

膣内《なか》の淫芯が、質量を増す。圧迫される感覚に息が苦しくて、しかし唇は塞がれてしまっている。その苦しさがさらに胸の奥の熱さを昂《たか》ぶらせて、雪麗はさらに強くヒューバートに縋りついた。

ずるりと出ていき、立て続けに突きあげられる。濡れそぼった蜜壁を何度も擦られた。前後する腰の動きが敏感な襞を乱して、それがたまらなく全身に響く。

「ああ……、っあ、あ……、ああ、あ！」

雪麗が腰を揺らすと、ヒューバートが低く呻いた。彼も感じている――そう思うと体の奥の熱はますます大きくなって、やがてそれが弾けるのを受けとめた。

「……っあ、……ああ、……、……あ、……！」

目の前が塗りつぶされて、耳の奥がきんとして。自分の体が蕩けるような快楽に浸っていくのがわかる。なにも見えずなにもわからず、ただただヒューバートの熱に喰われている今、雪麗は自分というものを失っていた。

「……、……は、っ……、っ……」

「ん……っ、……」

ふたり、息を絡ませて。重なった互いの胸から伝わる激しい鼓動を感じている。

「ヒューバート、さま……」

掠れた声でささやくと、いったん唇が離れ、ちゅっと音の立つくちづけをされた。間近で

視線を合わせ、見つめ合って小さく笑う。すると繋がった部分が擦れて、ふたりは同時に喘ぎを洩らした。

「愛している」

ヒューバートがつぶやいた。何回も聞かせてもらった言葉だけれど、それでもやはり胸が熱くなる。雪麗も同じ言葉をささやき、そしてまた接吻を交わす。

「あなたに会えて、……よかった」

心から、そう思える。遠い国に生まれた同士なのに、不思議な縁で夫婦となった。その相手を、これほど愛せるようになるとは本当に奇跡的なことだと思う。

「あなたで、よかった。私の……命運之人《めいうんのひと》」

思わず母国語でつぶやいてしまい、聞き返されて英語を綴る。彼は笑って、雪麗の体をぎゅっと抱きしめてきた。

触れ合う肌の心地いい感覚に目をつぶり、雪麗は満ち足りた幸せに酔いしれていた。

終章　幸福を抱きしめて

監獄から出てきたカルヴィンを迎えたのは、ベイツ家の者たちだった。

屋敷の居間には、ぱちぱちと暖炉が音を立てている。それを囲むように、その場の者は顔を合わせた。

痩《や》せ、やつれたカルヴィンは、その落ちくぼんだ目を見開いた。それは雪麗の腕に首のまだ座らない赤ん坊が抱かれていることにだったのか、それともブラッドリーが杖なしで健康な姿を見せていることにだったのか。

「久しぶりだな、カルヴィン」

そう言ったのは、ヒューバートだった。兄の姿にカルヴィンは少し脅えた様子を見せた。

その顔には、雪麗を襲ったときの猛々《たけだけ》しい色は少しも残っていなかった。

「思ったよりも、元気そうじゃないか」

「……まぁ、……」

掠れた声で、カルヴィンは答えた。

「監獄からは出されたが、罪が赦《ゆる》されたと思うなよ」

そう言ったのは、ブラッドリーだ。雪麗の腕の中の赤ん坊が、猫の子のような泣き声をあげる。

「私は、親としておまえを受け入れる……が、また悪事を働くようなことがあれば……」

「そのようなこと、ありませんわよね？」

赤ん坊をあやしながらそう言った雪麗を、皆が見た。ああん、ああん、と泣く子供を、雪麗は細い腕で抱きかかえ、揺らす。

「ねぇ、クラレンス？　あなたの叔父さまよ」

赤ん坊の青い目は涙に濡れていたが、母の言葉がわかったかのようにカルヴィンのほうを見る。

「雪麗は、私の病を治してくれたのみならず、このようにかわいい孫まで授けてくれた」

ブラッドリーは、目を細めてクラレンスを見る。

「その雪麗に対して、自分がしたことを一生忘れるでない」

ヒューバートは、なにも言わなかった。ただじっと弟を見ていて、カルヴィンは兄の視線に怯んだ様子を見せた。

「もちろん、です……」

カルヴィンの声には覇気がなく、監獄に入る前とは大違いだ。監獄の生活は劣悪だと聞いているけれど、雪麗は詳しいことを知らない。しかしカルヴィンをこのような意力のない人物にしてしまうほど、ひどいところなのだろうか。

「父さま、お体は……もういいのですか」

恐る恐るというように、カルヴィンは尋ねた。

「顔色、も。以前よりもよくなっているように見えます」

「ああ、雪麗の煎じてくれる薬でな」

ブラッドリーのその言葉に、雪麗は少し肩をすくめた。カルヴィンが、雪麗を見る。

「少しずつ、な。毎朝、起きたとき体の調子が変わっているのがわかる。今も毎日薬を飲んでいるが、若いころよりも健康かもしれないぞ」

そう言って、ブラッドリーは笑った。ヒューバートは少し唇を持ちあげただけだったけれど、ブラッドリーの言葉に応えたというのがわかった。

「おまえは、今から新しい人生を歩む」

そう言ったのは、ヒューバートだった。

「私も、おまえを甘やかしすぎた。これからは、厳しく鍛える」

ヒューバートの言葉に、カルヴィンは脅えた様子を見せた。ヒューバートが本気なのは、誰が見てもわかる。雪麗は、カルヴィンを少し気の毒に思った。

「仕事のほうも、しっかりやってもらうぞ。おまえは、ベイツ家の一員なのだからな」

カルヴィンは、はっとした顔をした。監獄にいたという過去を持ちながら、一家の者として受け入れられていることに驚いたのだろう。

「……ありがとうございます」

ブラッドリーとヒューバートに頭を下げるカルヴィンを、雪麗は不思議な思いで見ていた。港の宿屋に連れ込まれたときは彼を憎んだけれど、今ではその気持《も》ちは暖炉にくべた薪《まき》のように燃えて消えてしまっている。彼が父と兄とともに、この家を守り立てることを願っている。

「クラレンスもいることだしな。この子のためにも、我々は力を尽くさなくてはならない」

皆の視線がクラレンスに移って、その視線を感じたのかクラレンスは泣くのをやめた。まだぐずぐず言いながらも、小さな手で雪麗の肩にしがみつき、まわりを見まわしている。

「これで、皆が揃った」

笑みとともに、ブラッドリーが言った。ヒューバートも微かな笑みを浮かべ、カルヴィンは表情を引き締めた。

「これから新しく、ベイツ家の日々がはじまる」

ブラッドリーの言葉に、皆がうなずく。クラレンスまでもがまだ淡い黒髪を揺らしながらこくこくと頭を揺らし、皆を笑わせた。

あとがき

こんにちは、お読みいただきありがとうございます。月森あいらです。

今回は、私の中国趣味と英国趣味満載のお話です。いつも趣味満載といえばそうなのですが、もうこの「シノワズリ」という言葉だけで萌えられるくらいに中国が好きなのです。この本が出版されるころは、もう何度目になるかわからない中国旅行に行ったあとになります。今回は香港です。中国は広いですが特に香港が大好きで。そのうち香港を舞台にしたお話も書きたいな、と思っています。

ですが、今回の旅行は大変でした……というのもパスポートの期限が切れていたことに、一週間前に気づいたんです。新しいパスポート発行にぎりぎり間に合ったとはいえ、戸籍謄本取得に手間取ったり発券所に何度も行く羽目になったり。自分が悪いんですけど……。旅行はすっごく楽しみにしていたくせに、大切なパスポートの期限を忘れていたなんて間抜けすぎます。皆さまも、海外旅行の際はお気をつけください（そんな間抜けはおまえだけだ)。

で、シノワズリなんですけど(唐突に作品のお話に戻る)、十七~十八世紀のヨーロッパで流行《はや》った中国趣味の美術様式です。ヒーローのヒューバートが特にシノワズリ!という描写はないんですが、なにせ溺愛する奥様が中国人ですから。そういう意味では究極のシノワズリといえましょう。雪麗が嫁ぐことになった国同士の経緯《いきさつ》とか、ヒューバートの元婚約者とのこととか、書きたい描写はいろいろあったんですが、これはあくまでも恋愛物語なので、政治的なお話などはなしにしました。サブタイトルになっている漢方医学のことも書き込もうと思ったらもっと書けたんですが、これもやはりあくまでも(以下略)で。そういう一面を書く機会があれば、また書いてみたいと思っています。

今回の挿画は、希咲慧先生にお願いいたしました。イメージどおりのヒューバートと雪麗、特にヒューバートの男らしい手、雪麗のせつなげな瞳に惹かれました。素敵な挿画をありがとうございます!

お世話になっております編集部の皆さん、担当さん。なによりも、読んでくださったあなたに最大の謝意を。また、お目にかかれますように。

月森あいら

月森あいら先生、希咲慧先生へのお便り、
本作品に関するご意見、ご感想などは
〒101-8405
東京都千代田区三崎町2-18-11
二見書房　ハニー文庫
「伯爵さまのシノワズリ〜花嫁と薬箱〜」係まで。

本作品は書き下ろしです

Honey Novel

伯爵《はくしゃく》さまのシノワズリ
〜花嫁《はなよめ》と薬箱《くすりばこ》〜

【著者】月森《つきもり》あいら

【発行所】株式会社二見書房
東京都千代田区三崎町2-18-11
電話　03(3515)2311［営業］
　　　03(3515)2314［編集］
振替　00170-4-2639
【印刷】株式会社堀内印刷所
【製本】ナショナル製本協同組合

落丁・乱丁本はお取り替えいたします。
定価は、カバーに表示してあります。

ISBN978-4-576-16042-9

http://honey.futami.co.jp/

攫われた
Sarawareta nouvelle mariée
ヌーヴェル・マリエ
月森あいら
Illustration
成瀬山吹